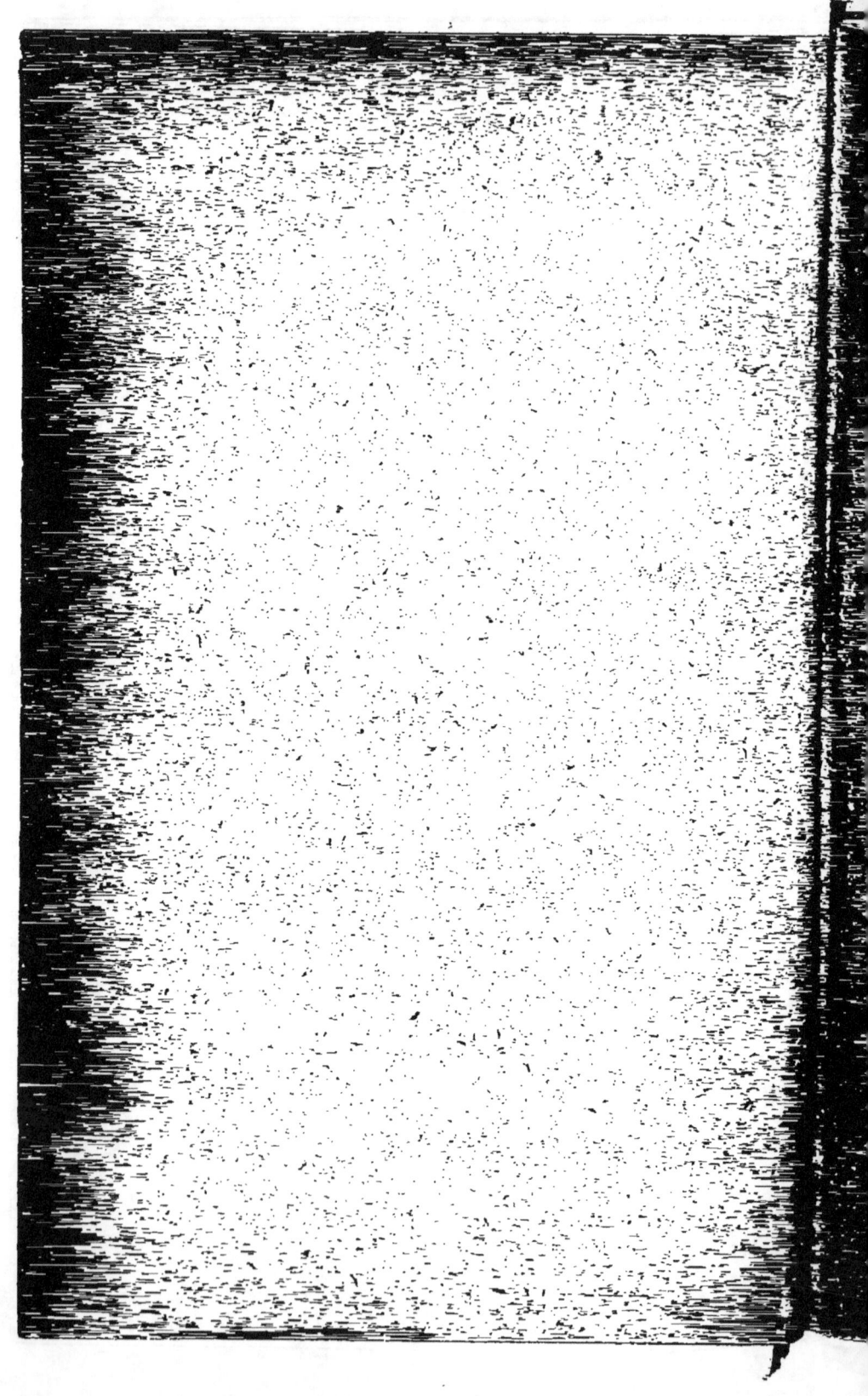

LETTRES DU BRÉSIL

Ce volume a été déposé au ministère de l'intérieur (section de la librairie) en juin 1890.

PARIS. TYPOGRAPHIE DE E. PLON, NOURRIT ET Cie, RUE GARANCIÈRE, 8.

MAX LECLERC

LETTRES DU BRÉSIL

LA RÉVOLUTION — LES DÉBUTS DE LA RÉPUBLIQUE — LA VIE A RIO-DE-JANEIRO — UNE EXCURSION A L'INTÉRIEUR — SAINT-PAUL ET LES PAULISTES — LES MŒURS ET LES INSTITUTIONS — QUESTIONS ÉCONOMIQUES.

PARIS

LIBRAIRIE PLON

E. PLON, NOURRIT et Cⁱᵉ, IMPRIMEURS-ÉDITEURS

RUE GARANCIÈRE, 10

—

1890

AVANT-PROPOS

On réunit ici des lettres qui furent en-
voyées du Brésil au *Journal des Débats*
quelques semaines après la chute de l'Empire et la proclamation de la République.
L'auteur a cherché, durant son court séjour en ce pays, à se faire d'abord une
idée des changements que les événements
du 15 novembre ont apportés dans les
choses et suscités dans les esprits. La Révolution était l'occasion de son voyage :

a

l'auteur a d'abord étudié les causes qui
l'ont amenée, les hommes qui l'ont faite
et leurs premiers actes; puis, à l'intérieur, dans la province la plus avancée et
la plus prospère du Brésil, comme à Rio-
de-Janeiro, les ressources et le développement économiques du pays; il a enfin
essayé de se former un jugement sur le
caractère et les mœurs du peuple brésilien, sur son état social. Il a recueilli des
impressions; il les a notées avec sincérité;
il s'est efforcé de demeurer impartial entre
les défenseurs de l'ancien régime et les
partisans enthousiastes du nouveau, en
s'informant auprès de tous. — Si ses amis
brésiliens sont tentés d'abord de trouver
un peu sévères les critiques qu'il leur
adresse, peut-être, ensuite, la réflexion
aidant, reconnaîtront-ils que sa franchise

est la meilleure preuve qu'il leur pût donner des sentiments de vive sympathie qu'il
nourrit à l'égard du Brésil et des Brésiliens.

S'il est nécessaire de justifier auprès du
public français la réunion de ces lettres,
de ces feuilles volantes en un livre, on
dira que le Brésil est très mal connu en
France; que depuis de longues années aucun Français n'a écrit sur ce pays, qu'il y
a dans nos bibliothèques à l'article Brésil
un grand vide, que ce volume n'en pourra
combler qu'une faible partie, mais qu'il
donnera peut-être à d'autres l'idée de
faire plus et mieux.

Le Brésil n'est pas encore sorti de la
crise révolutionnaire; il n'a pas cessé
d'exciter la curiosité du public qui s'inté-
resse aux pays d'outre-mer; il va élire

une Assemblée qui lui donnera , souhai-
tons-le du moins, une constitution : notre
but serait atteint si les personnes, qui
voudraient suivre d'un peu près la nouvelle République dans cette deuxième
phase de son existence, venaient chercher
ici, parmi ces notes prises à la première
heure, quelques indications utiles pour
mieux comprendre les choses du Brésil
dans leur évolution prochaine.

LETTRES DU BRÉSIL

I

Débarquement original. — La fête du Guarda-Mor. — Aspect de Rio. — Les causes de la révolution du 15 novembre. — Le Président de la république malgré lui. — L'état des esprits. — Les premiers actes du nouveau gouvernement. — La sédition militaire du 19 décembre.

Rio-de-Janeiro, le 24 décembre 1889.

Quand, le 5 de ce mois, je m'embarquai à Pauillac à bord de *la Plata*, je n'étais rien moins que sûr d'arriver dès le 21 à Rio. *La Plata* ne devait pas prendre de pas-

1

sagers pour le Brésil; elle avait son plein
chargement de Platéens pressés de débarquer à Montevideo ou à Buenos-Ayres et
très soucieux de passer au large de la
« capitale de la fièvre jaune ». Mais ils
avaient compté sans la poste, qui avait bien
l'intention de jeter ses sacs de dépêches en
passant devant Rio, et je comptais sur elle
pour m'ouvrir une maille par où je m'échap-
perais, le moment venu.

Il y a entre Argentins et Brésiliens, entre
Espagnols et Portugais, de vieilles jalou-
sies, de vieilles querelles qu'un rien suffit
à réveiller; il s'élève particulièrement entre
les autorités sanitaires des deux pays, de
Rio et de la Plata, des différends fâcheux
pour le public. Rio ne passe pas précisément
pour un *health resort;* mais en bons voisins
les Argentins ne manquent généralement
pas l'occasion de faire à la capitale du Bré-

sil plus mauvaise réputation que peut-être elle ne mérite. A Montevideo, la Santé se montre d'une défiance extrême à l'égard des navires qui ont touché à Rio. Ainsi, le *Portugal*, des Messageries Maritimes, ayant perdu à son dernier voyage, entre Rio et Montevideo, un passager inconnu qui était monté à bord, on ne sait où ni comment, le cas, plus que douteux, fut imputé à la fièvre jaune par les autorités uruguayennes, et *le Portugal* dut faire dix jours de quarantaine.

Ce souvenir récent hantait les esprits à bord de *la Plata*. Quand, à Lisbonne, on apprit que *la Plata* déposerait des dépêches à Rio, ce furent déjà des murmures; mais quand, plus tard, le bruit se répandit à bord que *la Plata* portait dans ses flancs un passager pour Rio, les fronts se rembrunirent; puis, quand il fallut bon gré mal gré entrer

dans la rade de Rio, pour quelques heures
seulement, et sans communiquer avec la
terre, bien des visages commencèrent à
blémir, à jaunir; enfin, quand on apprend
que décidément le correspondant du *Journal des Débats* va débarquer, l'indignation
succède à la stupeur. Des groupes se for-
ment, des conciliabules animés se tiennent
et partout on arrive, par un raisonnement
tellement subtil qu'il s'évaporerait en route
si je vous l'envoyais, à cette navrante conclusion: si nous laissons à Rio ce journaliste, nous serons déclarés contaminés à
Montevideo; il faut donc l'empêcher de
débarquer.

Et le brave commandant Baule eut à subir
l'assaut de ses passagers, qui avaient juré
de me garder. Cependant, le canot où l'on
devait jeter les sacs de dépêches avait ac-
costé; le commandant me fit passer sans

bruit et prestement, — comme une lettre à la poste, — par la coupée.

Assurément, je sais beaucoup de gré à ces aimables Argentins d'avoir eu tant de peine à se séparer de moi; mais j'en sais davantage encore au commandant Baule qui m'a permis d'arriver à Rio bon premier, comme représentant de la presse française.

J'avais une lettre pour le chef de la douane maritime, le *guarda-mor*. Introduit d'emblée dans son cabinet, je trouvai le parquet jonché de fleurs, sa table de travail couverte d'énormes bouquets; quelques minutes après, le *guarda-mor* paraissait escorté de son personnel et précédé de ses deux assesseurs qui semaient des pétales de fleurs sur sa route; puis chacun donnait à son tour une chaude accolade au chef; des discours étaient échangés, des larmes essuyées au coin de l'œil. J'étais arrivé le jour même de l'anniversaire de ce haut fonctionnaire.

Cette cérémonie fort touchante, la vue de ces visages doucement émus, de ces gestes expansifs m'avait entraîné bien loin de la politique. Je ne sentais vraiment rien de tragique dans l'air ; encore sous le charme du magnifique panorama de la baie, apparu dans la lumière éclatante d'une matinée, enveloppé dans le mouvement du port, traversant le grouillement noir des innombrables portefaix flânant sur les quais, j'avais oublié de chercher dès l'abord les traces du républicanisme de fraîche date sur ces figures nouvelles ; je ne me souvenais plus que je venais voir la révolution à l'œuvre. J'étais fort excusable à la vérité : dans cette ville aux rues étroites, animées, peuplées de figures gaies, de visages rieurs et épanouis, bordées de façades aux couleurs éclatantes, je ne rencontrais pas de « signes des temps ».

J'éprouvais même une sensation étrange : parcourant la rua da Alfandega, la rue du 1er Mars et la célèbre rua do Ouvidor, il me semblait retrouver la Cité de Londres transportée sous le ciel d'Égypte et transposée sur un mode oriental.

J'eus le malheur d'ouvrir un journal, et la politique me prit tout entier. Je viens de passer trois jours à questionner, à écouter, à noter les témoignages et à les comparer. Je n'ai pas le loisir aujourd'hui de suivre un ordre systématique, ni la prétention d'être complet. J'ébauche quelques traits.

La révolution est faite; personne ne paraît avoir l'intention de revenir là-dessus. Mais il est avéré que ceux qui ont fait la république n'avaient pas du tout l'intention de la faire. Il y a même aujourd'hui, en Amérique, un chef de république malgré lui.

Le président du dernier Cabinet impérial,

M. de Ouro-Preto, qui était un excellent ministre des finances, était aussi un grand autoritaire; il sentait la main impériale mollir, il prévoyait une transmission de pouvoir, il entendait y présider et asseoir auparavant son pouvoir personnel sur des bases inébranlables. Il ne suffit pas, en pareil cas, d'être ambitieux et énergique, il faut savoir se conquérir des partisans, se lier des intérêts; il est plus utile encore de se refuser le plaisir de se faire des ennemis. M. de Ouro-Preto s'était toujours défié des militaires, qui le lui rendaient bien; il se mit en tête de briser l'armée, de la réduire à l'impuissance. Le plan était, prétendait-on, de disperser les régiments de la capitale aux extrémités de l'Empire, puis de déclarer l'armée dissoute. Une garde nationale en aurait tenu lieu. Elle n'avait encore que des cadres; mais on comptait cependant réunir

2.000 gardes nationaux pour le 2 décembre :
le ministre de la guerre les aurait passés
en revue le jour même de la fête de l'Empereur.

Au moment où ces projets prenaient corps,
où le premier ministre s'apprêtait à les exé-
cuter, le bruit se répandait que l'empereur
comptait abdiquer le 2 décembre entre les
mains de la comtesse d'Eu, à la condition
qu'elle renoncerait immédiatement à ses
droits et à ceux de ses enfants, au profit du
fils aîné de la seconde fille de l'empereur,
dom Pedro Augusto de Saxe-Cobourg. Il
n'était pas probable que la comtesse d'Eu fît
de bon gré le sacrifice de ses droits et surtout
des droits de ses enfants. Mais il était certain aussi que l'immense majorité des Brésiliens était décidée à ne pas souffrir que le
comte d'Eu approchât du trône. On devait
agir; et il y aurait eu fatalement, le 2 dé-

1.

cembre, une révolution de palais ou même
un mouvement populaire.

Les mesures prises ou préparées par le
vicomte de Ouro-Preto contre l'armée jetèrent les officiers mécontents dans les bras de
quelques chefs républicains tout prêts à prendre les devants et à souffler aux vieux partis
leur petite révolution. Justement un « brave
soldat », le chef naturel des mécontents de
l'armée, parce qu'il avait été le plus sévèrement traité, venait de rentrer à Rio. Le maréchal Deodoro da Fonseca est le fils d'un
officier qui se distingua, à la tête d'un
régiment, dans la guerre du Paraguay : il
était parti pour combattre Lopez avec ses
sept fils ; sa femme et sa fille l'accompa-
gnaient pour servir dans les ambulances. Il
y a deux ans, à la suite de rixes sanglantes
dans les rues de Rio entre l'armée et la police, et qui durèrent plusieurs jours, Deodoro,

qui avait manifesté très hautement son mécontentement de l'attitude de la police et du
gouvernement, fut envoyé aux confins de
l'empire, avec mission de surveiller la frontière de la province de Matto-Grosso. Quand
il revint, il y a trois mois, il était l'ennemi
juré de M. de Ouro-Preto, comme celui-ci
était l'ennemi des militaires. A plusieurs reprises, Deodoro demanda à l'empereur la
disgrâce d'un ministre aussi mal disposé à
l'égard de l'armée et aussi mal vu d'elle ;
mais en vain. Lors donc que les républicains
vinrent proposer à Deodoro de « faire quelque chose » avant le 2 décembre pour parer
le coup qui se préparait, Deodoro était mûr
pour la révolte. Elle éclata quand M. de
Ouro-Preto voulut faire embarquer pour les
provinces du Nord les bataillons les plus
suspects. Mais Deodoro ne voulait que renverser un ministère hostile ; c'était à M. de

Ouro-Preto et non à la monarchie qu'il s'en prenait. Il comptait sans ses alliés, les républicains.

Dès le début du mouvement, quand les troupes refusèrent de s'embarquer, soutenues par les élèves des Écoles navale et militaire, tous gagnés sauf quelques-uns, M. de Ouro-Preto télégraphia à l'empereur, qui se trouvait à deux heures et demie de Rio, à Petropolis. La dépêche fut interceptée par le médecin de l'empereur, M. Motta Maïa, dont on juge assez sévèrement le rôle dans ces événements. Depuis la grave maladie que l'empereur fit à Aix, M. Motta Maïa avait pris une grande place dans l'esprit et dans la vie du souverain ; sous prétexte de ménager la santé de son auguste patient, il intervenait dans les affaires de l'État. Quand la nouvelle parvint à l'empereur, il était trop tard. Dom Pedro descendit à Rio tout de

suite. Là, Deodoro essaya de communiquer
avec lui, espérant toujours en obtenir le ren-
voi du ministère, peut-être même ne désespé-
rant pas de sauver l'empereur d'une catas-
trophe. Mais, cette fois, d'autres que M. Motta
Maïa intervinrent ; l'empereur était mis en
quarantaine comme un simple passager de
Rio à la Plata. La république était faite.

Deodoro dut souffrir en son âme de loyal
soldat ; il ne voulait que renverser un ministre abhorré ; il renversait par surcroît un
souverain aimé ; et, pour comble d'amertu-
me, il se trouvait, « malgré lui », le chef du
gouvernement de la république des États-
Unis du Brésil. On dit qu'il n'est pas sans
remords ; les remords sont là présents à son
foyer ; sa femme se chargerait, paraît-il, de
les aviver.

La monarchie était tombée ; on l'avait
cueillie sans effort comme un fruit très

mûr. Personne n'avait levé un doigt pour
protester. Je connais un homme de cœur
et qui a fait ses preuves : le 15 novembre,
il tenta d'organiser la résistance ; il sonda
jusqu'à cinquante personnes et des plus fermes soutiens de la monarchie, — la veille,
— il n'en trouva pas une pour répondre à
son appel. A Rio, le peuple a subi la révolution ; il savait vaguement qu'on hâtait une
opération qui se devait faire tôt ou tard. Dans
les provinces, les grands propriétaires, les
planteurs se tinrent cois ; on a parlé de complicité, ce fut la complicité du silence et de
la force d'inertie. Ils auraient pu se lever,
jeter dans la balance tout le poids de leur
influence en faveur de la monarchie : ils ne
l'ont pas voulu parce qu'elle avait lésé leurs
intérêts. Mais ils n'ont rien fait de plus que
de « ne rien faire ».

Tout a servi les chefs du mouvement ; ils

ont eu toutes les chances. Ils ont dû être
étonnés eux-mêmes d'enfoncer si facilement
une porte qu'ils croyaient fermée. Sur dix
personnes à qui vous demandez comment le
grand changement s'est opéré, vous en
trouvez dix ou bien près de dix qui sont
tentées de croire que cela s'est fait « tout
seul » : on n'a pas encore compris; on ne
comprendra peut-être jamais. En tout cas, les
membres du nouveau gouvernement doivent
avoir le plus sincère désir de détruire l'idée,
à coup sûr très fâcheuse, que l'on ne peut
manquer de se faire maintenant en ce pays,
du peu de peine qu'il en coûte pour s'empa-
rer du pouvoir.

Je n'ai pas encore eu le temps d'étudier
de près tous les actes du gouvernement depuis qu'il est entré en fonctions. Autant que
j'en puis juger, le premier mois a été un mois
d'apaisement : les membres du gouverne-

ment ont rempli les colonnes du *Journal officiel* d'une respectable série de décrets. Ils ont entrepris de remanier la législation, de refondre les institutions. Ils se trouvent dans une situation étrange : gouvernement provisoire, ils ne tiennent leurs pouvoirs que d'eux-mêmes et, permettez-moi d'ajouter, malheureusement aussi de l'armée et de la marine, comme ils se plaisent trop souvent à le rappeler dans les actes publics; ils ne peuvent consulter la nation que dans un temps assez éloigné, et d'ici là ils sont condamnés, pour parfaire leur œuvre et asseoir la république qu'ils ont faite, à légiférer par décrets, sans contrôle. Ils n'ont, d'ailleurs, que des moyens fort imparfaits de s'assurer si l'opinion est avec eux. Il leur faut donc, pour ne pas commettre de fautes graves, un bonheur au moins égal à celui qui les a servis le 15 novembre, et une.

prudence que les révolutionnaires ont rarement montrée sous d'autres latitudes, mais que nous pouvons toujours souhaiter de rencontrer dans cette merveilleuse contrée, comblée de tous les dons ; la prudence n'est-elle pas aussi « un présent des dieux » ?

Une sédition militaire a éclaté dans une des casernes de Rio, le 19 décembre.

Des soldats du 2ᵉ d'artillerie, profitant de l'absence de leurs officiers, ont hissé le drapeau impérial et crié : « Vive l'empereur !» Puis ils se sont barricadés dans leur caserne. On les a cernés ; on a fait marcher des troupes contre eux. Et il y a eu sur ce point une fusillade qui a duré une demi-heure environ. On parle d'une quarantaine de morts, tous soldats ; le gouvernement a enveloppé l'affaire d'un mystère difficilement pénétrable. La presse s'est tue ou n'a dit que très peu de chose. Le télégraphe a été surveillé de

près; et je voyais même hier que le ministre
brésilien à Londres a démenti le fait qui a
avait transpiré malgré tout. Ces soldats révoltés étaient au nombre de 80 environ ; ils étaient
ivres pour la plupart. On prétend qu'ils ma-
nifestaient leur mécontentement parce qu'ils
n'ont pas reçu une solde aussi élevée que
celle qui leur aurait été promise ; on dit
aussi qu'ils auraient reçu de l'argent des partisans, du frère même de M. de Ouro-Preto
pour se révolter.

Le fait n'a pas en lui-même grande importance ; mais je crois que le gouvernement
gagnerait à laisser connaître toute la vérité,
puisque aussi bien elle n'est pas terrible. Il
risque de troubler les esprits en les laissant
s'égarer.

Des décrets de bannissement ont été rendus
contre l'empereur, M. de Ouro-Preto, le frère
de celui-ci et M. Silveira Martins.

La santé du chef du gouvernement, Deodoro, est très chancelante. On la dit même
profondément ébranlée. Le maréchal est
revenu très fatigué de son séjour dans une
région malsaine, à la frontière de Matto-
Grosso.

II

Les suites de la mutinerie du 19 décembre. — Le système du silence. — La maladie de Deodoro. — Les
mesures d'exception. — Le décret contre les conspirateurs : la dictature. — Le terme du gouvernement provisoire. — Les nouveaux électeurs. — La situation
économique et financière : une crise imminente.

Rio-de-Janeiro, le 27 décembre.

Après la révolte du 19 décembre, il fallait s'attendre à ce qu'un exemple fût fait.
S'il a été fait, ce fut à huis clos et ce n'est plus
un exemple. Le public, à qui l'on a caché autant que possible le mouvement du 2ᵉ d'artillerie, n'a pas été mis davantage au courant des suites qui y ont été données. Le

nombre ni les noms des morts et des bles-
sés n'ont été publiés; rien n'a transpiré au
sujet des mesures disciplinaires qui ont été
prises, on n'en peut douter, contre les sur-
vivants.

Ces procédés mystérieux ne peuvent aboutir à rien de bon : le gouvernement n'avait
rien à gagner à cacher que 80 soldats s'é-
taient révoltés, que l'ordre avait été rétabli
et qu'un exemple avait été fait. Les inci-
dents du 19 et des jours suivants, aussitôt
connus, auraient sans doute produit quelque
émotion au premier moment, mais le public
aurait vite compris qu'il ne s'agissait en
somme que d'un incident; tandis qu'il cherche
aujourd'hui ce que le gouvernement peut
bien avoir intérêt à dissimuler ; son imagi-
nation travaille, il se défie justement parce
que le gouvernement ne paraît pas avoir
assez de confiance en soi : d'où panique à

la Bourse, il y a deux jours, et dépression depuis lors.

Puisque la maladie de Deodoro paraît avoir fait naître à l'étranger une certaine inquiétude, je m'expliquerai avec quelque détail sur ce sujet : le maréchal était souffrant et alité quand on est venu le chercher pour prendre la tête du mouvement inopiné du 15 novembre ; à trois heures de l'après-midi, la révolution faite, il est descendu de cheval et s'est remis au lit. Quand, vers quatre heures, les directeurs des principales banques de Rio sont venus lui demander quelles mesures il entendait prendre pour préserver leurs bureaux et leurs caisses de toute violence, le maréchal n'a pu recevoir que le doyen d'entre eux. Depuis cinq semaines il a presque toujours été souffrant; les ministres ont dû, à plusieurs reprises, se réunir à son domicile particulier.

Je sais d'ailleurs que son médecin estime qu'il peut vivre encore plusieurs années. C'est un tempérament de fer qui ne cédera que lentement à l'action du poison absorbé dans les marais de Matto-Grosso. Mais si Deodoro venait bientôt à disparaître, il est permis de se demander quelle serait l'attitude de l'armée, qu'il tient d'une main très ferme et qui se sent tenue. Deodoro a déjà pris, dit-on, ses précautions ; il aurait désigné lui-même son successeur.

Le premier mois traversé par le gouvernement provisoire avait été assez calme. L'état de siège était établi en fait, mais rien n'était venu prévenir le public qu'une discipline plus sévère régnerait dans l'État. Sans doute les nouveaux présidents de provinces étaient presque tous des officiers, — choisis il est vrai dans l'arme du génie, parmi ceux-là mêmes qui ont rendu au pays le plus

de services en frayant des routes, traçant
des chemins de fer, des lignes télégraphiques,
— mais aucun événement fâcheux n'était
venu forcer la main d'un gouvernement,
qui s'était emparé du pouvoir presque sans
effort et qui ne cherchait nullement à provo-
quer des résistances pour les mâter. Il savait, il sait que l'opinion publique lui a
ouvert un long crédit, qu'elle ne le jugera
que sur ses œuvres : et il s'était mis à travailler. Mais survient cette mutinerie du 19
décembre ; M. de Ouro-Preto publie à Lisbonne un manifeste violent ; les défiances
commencent à naître, les colères s'allument ;
les mesures de rigueur et d'exception, se pré-
sentant, sont accueillies. Le rêve de certains
des membres du gouvernement provisoire
s'évanouissait ; il fallait aller jusqu'au bout
de la dictature brutale qui s'imposait. Alors
furent prises plusieurs mesures de rigueur :

2

décrets de bannissement contre l'empereur,
M. de Ouro-Preto et son frère ; décrets re-
latifs à la vente des biens immeubles de la
famille impériale dans le délai de deux ans ;
retrait de la liste civile et de la donation faite
à l'empereur ; le séjour de l'Europe imposé
à M. Gaspar Silveira Martins.

L'opinion publique est unanime sur un
point : elle veut que l'exil de l'empereur soit
un exil digne ; elle veut que la question d'argent soit réglée aussi généreusement que
possible ; elle trouve, d'ailleurs, qu'il n'est
pas nécessaire de limiter à deux ans le délai
dans lequel les propriétés de l'empereur devront être vendues. Il semble que le gouvernement cherche à revenir sur quelques-unes
de ces mesures prises *ab irato*. En tout cas,
la Constituante aura sur ce point les idées
les plus conciliantes.

Le bannissement prononcé contre M. de

Ouro-Preto et son frère n'étonnera personne : cette mesure était dans la logique des choses. Pour M. Gaspar Silveira Martins, il semble bien que son exil soit une faute, commise sous l'empire de la crainte, mauvaise conseillère. Très populaire dans sa province (Rio-Grande-do-Sul), l'une de celles qui ont donné quelque inquiétude au gouvernement, celle-là même où l'on craint le plus de voir poindre un mouvement séparatiste, tribun éloquent à qui il suffirait de dire un mot pour entraîner sa province à sa suite, ex-sénateur de l'empire, peu sympathique au nouveau gouvernement, M. Martins a toutes les qualités qui font un suspect. On l'a invité énergiquement, — par décret, — à aller vivre quelque temps en Europe, puis on l'a embarqué.

Tôt ou tard, le gouvernement devait être amené à déclarer l'état de siège qui existait en fait. Le 23 décembre, il a rendu un décret déférant à une commission militaire, constituée par le ministre de la guerre, et rendant passibles des peines militaires contre la sédition tous les individus qui auront conspiré contre le gouvernement, qui auront par la parole, les écrits ou les actes, conseillé ou provoqué une révolte civile ou militaire, qui auront tenté de soulever les soldats en répandant des fausses nouvelles parmi eux ou en les mettant en état d'ivresse... C'est la dictature dans toute sa rigueur; un gouvernement de fait ne pouvait guère se flatter de gouverner par d'autres moyens ; c'est là un mal nécessaire auquel la majorité de la population paraît résignée. Elle a fait crédit, un long crédit, aux républicains ; elle attend d'eux qu'ils maintiennent l'ordre ; toute autre considération doit être pour le moment subordonnée à celle-là. Il faut dire cependant que pour des hommes nouveaux, étrangers à la pratique gouvernementale, l'exercice d'un pouvoir aussi étendu, sans contact possible avec l'opinion publique, n'est pas exempt de dangers. Au lendemain du décret contre les conspirateurs, le seul journal d'opposition qui fût publié à Rio, la *Tribuna liberal*, l'organe de M. de Ouro-Preto, a dû cesser de paraître. Les autres feuilles, sous couleur d'impartialité, demeurent muettes. Des amis du gouvernement, les membres du « Centre positiviste » de Rio, auquel appartiennent ou appartenaient deux des nouveaux ministres, MM. Demetrio Ribeiro et Benjamin-Constant, a tenu à protester de son attachement à la liberté de penser et d'écrire.

Le gouvernement provisoire a onze mois de règne devant lui; comment espérer qu'il échappe à la loi commune, qu'il ne com-

2.

mette point de fautes graves pendant une
période aussi longue, alors que personne
peut-être n'élèvera la voix pour l'avertir?
Je rends volontiers hommage à la modéra-
tion relative dont il a fait preuve jusqu'ici,
mais l'esprit de sagesse a des bornes plus
courtes encore que la patience, et, sous ce
climat, il est vain de compter sur de longs
efforts : après l'effort viennent l'indolence,
l'apathie, puis de terribles réveils.

Le danger me paraît d'autant plus sérieux
de ce côté que le terme de onze mois, que le
gouvernement provisoire s'est fixé à soi-
même, n'a été adopté que sur les instances du
ministre des finances, bien placé pour juger
des conséquences d'un ajournement indéfini.
On prétend que certains membres du gouvernement provisoire parlaient de deux ans
de dictature, de cinq ans même. Heureuse-
ment, septembre fut fixé pour les élections,

et novembre pour la réunion de la Constituante.

Il était sans doute impossible de choisir
une date plus rapprochée. On ne pouvait
attendre du gouvernement républicain qu'il
appelât les 220.000 électeurs de l'empire
(1.5 0/0 de la population), le corps électoral peut-être le plus restreint qu'il y ait au
monde, à décider du sort de la république·
Il a commencé par abolir le cens : est électeur tout citoyen âgé de vingt et un ans,
sachant lire et écrire. Puis il a naturalisé
en bloc la masse flottante des immigrants,
arrivés surtout dans les dernières années, et
une foule d'étrangers fixés depuis longtemps
et retenus au Brésil par leurs intérêts. Il
leur est laissé à tous un délai de six mois
pour refuser la nationalité brésilienne qui
leur est offerte. Le gouvernement provisoire a tranché de la sorte une question

qui, depuis des années, était à l'étude et qu'aucun ministère n'était encore parvenu à régler. L'application du décret de « grande naturalisation », comme on dit ici, soulève de nombreuses difficultés. J'y reviendrai à loisir un peu plus tard. Il est dès maintenant évident que huit ou neuf mois ne seront pas trop pour mener à bien le recensement électoral sur un territoire aussi étendu que celui du Brésil.

On discute beaucoup la question de savoir si le gouvernement provisoire a eu raison d'imposer à tous les étrangers présents sur le territoire de la république, le 15 novembre 1889, la nécessité de se présenter devant un fonctionnaire brésilien, pour refuser explicitement la nationalité brésilienne. On voulait établir tacitement la naturalisation ; il me semble que le but aurait été atteint et que des objections assez graves auraient été

écartées, si l'on avait pris la disposition suivante : seront citoyens brésiliens tous les
individus qui se trouvaient sur le territoire
du Brésil le 15 novembre 1889, à moins
qu'ils ne soient inscrits au consulat d'un État
étranger. Il était d'ailleurs facile de demander aux consuls des diverses puissances
communication des listes de leurs nationaux établis au Brésil.

Dans le télégramme que M. Ruy Barbosa
adressait récemment à un journaliste républicain de Lisbonne, M. Latino Coelho, le
ministre des finances du gouvernement provisoire, entreprenant de protester contre le
manifeste lancé par M. de Ouro-Preto, disait
entre autres choses : « La prospérité nationale va croissant. » Il se trouve pourtant
que les affaires sont paralysées à Rio et
que la liquidation de fin d'année est particulièrement difficile, mais il serait injuste

d'imputer ces maux à la république. Il n'est pas plus exact de dire que le gouvernement issu du mouvement du 15 novembre a favorisé l'essor de la prospérité nationale, qu'il ne serait vrai d'affirmer que l'inquiétude régnant à Rio en ce moment, dans le monde des affaires, est née des événements récents. En matière économique, il est vain de chercher à démêler si promptement les causes ; les effets sont parfois très lents à se produire : personne ne peut encore se flatter d'avoir pu noter les conséquences économiques du nouvel état de choses établi en ce pays.

III

LE RAPPORT DU MINISTRE DES FINANCES

Rio-de-Janeiro, le 1ᵉʳ janvier 1890.

Depuis quelques jours, on parlait, dans le monde des affaires, d'un rapport que le ministre des finances devait adresser au chef du gouvernement provisoire. Ce document était attendu avec une certaine impatience. Les affaires priment tout en ce pays : les hommes d'affaires se lassent vite d'être au régime des décrets ; la confiance la plus robuste ne laisse pas de se sentir ébranlée, quand le public s'est enfin rendu compte que toute chose est à la merci d'un gouvernement de

fait, irresponsable; les nerfs du plus opti-
miste des hommes ne résistent pas à l'é-
preuve renouvelée chaque matin à la lecture
du *Journal officiel* qui peut toujours réser-
ver quelque désagréable surprise.

Le gouvernement aurait pu continuer
longtemps encore à imposer ce régime au
peuple brésilien, sans que personne eût le
moyen de manifester le désir d'un changement; aussi sut-on gré à M. Ruy Barbosa de
sa seule intention. Éprouvait-il le besoin de
limiter lui-même ses pouvoirs, de se tracer
une ligne de conduite, de bâtir un plan dont
chacun pourrait suivre l'exécution dans les
détails? Voulait-il rassurer l'opinion publique devenue un peu nerveuse, prouver au
monde des affaires qu'il savait où il allait,
où il le menait?

On n'osait en espérer tant; mais on espé-
rait. Le rapport a paru dans les journaux à

la fois, hier, 31 décembre, le jour même de cette terrible liquidation, tant reculée et tant redoutée. Je ne vous cacherai pas que la première impression n'a pas été loin d'être une désillusion.

Ce long travail, qui ne manque pas d'un certain mérite littéraire, est plutôt l'œuvre d'un journaliste que d'un homme d'État ; si M. de Ouro-Preto était encore ministre des finances et M. Ruy Barbosa principal rédacteur du *Diario de Noticias*, tout le monde s'accorderait à rendre hommage au talent du polémiste ; mais les circonstances sont différentes. Le ton de l'exposé du ministre des finances du gouvernement provisoire rappelle trop celui des deux télégrammes expédiés à un journaliste révolutionnaire de Lisbonne. On peut reprocher à M. Ruy Barbosa de n'être pas encore entré dans la peau de son nouveau personnage.

3

Ce document, intitulé : « le Trésor public au 15 novembre 1889, » est un exposé de l'état des finances au jour de la révolution d'où est sorti le régime actuel. Il débute par une critique assez vive de la politique financière de la monarchie et, en particulier, de son dernier ministre des finances. Si le gouvernement provisoire se trouve avoir à lutter contre de sérieuses difficultés, personne ne songe à le condamner avant de l'avoir vu à l'œuvre, et il ne semble pas qu'il fût nécessaire, pour justifier les mesures qu'il pourra prendre, de déclarer que tout ce qui a été fait avant lui a été mal fait. Il se tromperait même s'il croyait que, pour conquérir la confiance et l'approbation de tous, il devra d'abord requérir la condamnation absolue de tous les actes du gouvernement impérial. Ce que l'on attend des hommes du 15 novembre, c'est bien moins une vaine condamnation des choses du passé que de sérieuses garanties pour l'avenir.

Les gens bien informés savaient que M. de Ouro-Preto, quoique surpris et renversé en plein travail de réorganisation financière, avait laissé le Trésor dans une situation prospère, prêt à faire face à tous ses engagements. Les chiffres publiés par M. Ruy Barbosa ne sont pas de nature à les faire changer d'opinion. M. Ruy Barbosa constate que les engagements laissés par l'empire sont lourds, que leur caractère d'urgence rend difficile la tâche du gouvernement provisoire pendant la période de transition : il réclame de tous les citoyens leurs concours auquel les plus sages mesures administratives ne sauraient suppléer. Mais il constate, d'ailleurs, et en cela tout le monde sera d'accord avec lui, que le pays est doué d'assez de ressources et de vitalité pour supporter ces charges.

La Dette consolidée s'élève à 814,000 contos (1 conto = 2.833 fr. au pair) : ce n'est
pas là une charge accablante pour un pays
dont les ressources naturelles sont presque
infinies. Il n'est pas inutile de faire remarquer, en outre, que la Dette consolidée a justement pour origine, en grande partie, des
dépenses dont l'objet n'est autre que la mise
en valeur des ressources naturelles du pays :
ainsi des chemins de fer appartenant à l'État,
et représentant une valeur d'environ 170.000
contos, soit plus du cinquième de la Dette
consolidée, et des garanties d'intérêt payées
aux Compagnies de chemin de fer, qui sont
de ce fait débitrices de l'État pour une somme
d'environ 30.000 contos. L'État se trouve
propriétaire dans les villes des canalisations
d'eaux et d'autres ouvrages qui ont grossi la
Dette et qui pourraient au besoin, étant
cédés à des Compagnies, concourir pour le

produit de la vente à la réduction de la Dette
consolidée. Quand nous aurons ajouté que
la Dette extérieure a été convertie en 4 0/0
remboursable en cinquante-six ans, et que
la Dette intérieure est au taux de 6 0/0, nous
serons autorisé à conclure que bien peu de
pays peuvent se flatter d'avoir aménagé leur
Dette consolidée dans des conditions aussi
favorables.

Dans son rapport, M. Ruy Barbosa place
au titre : « Dette flottante » une somme de
7.840 contos; mais des détails donnés il ré-
sulte que, sur cette somme, 4,500 contos pro-
viennent du rachat du papier-monnaie et
sont remboursables en rente 4 0/0, et que le
reste ne figure au compte de l'État que par
suite d'une opération de trésorerie faite au
profit de la ville de Rio-de-Janeiro (l'État,
jugeant utile de surveiller l'emploi des fonds
d'un emprunt contracté à Londres par la ville

de Rio, a posé comme condition que les fonds seraient versés dans ses caisses et servis à l'administration municipale au fur et à mesure des besoins justifiés) : ces sommes ne sauraient donc être portées au compte de la Dette flottante.

L'État a d'autres engagements : d'après un contrat récent passé avec les banques agricoles, il doit prêter à ces instutions de crédit, sous forme de « secours à l'agriculture », 60.000 contos. Mais cette somme n'est pas exigible en bloc ; le versement ne s'en effectuera que par des versemens partiels et à la condition que les banques agricoles doubleront au profit des agriculteurs les sommes prêtées par l'État. Les 60.000 contos promis par l'État ne sont plus entièrement exigibles, puisque 52.000 contos (soit 26.000 prêtés par l'État) ont déjà été fournis à l'agriculture. Mais, en admettant même que les contrats dussent être exécutés jusqu'au bout, les 60,000 contos ne sauraient être exigibles qu'à raison de 20.000 contos par an.

Pour faire face à ces engagements, quelles ressources la monarchie a-t-elle léguées à la République? D'abord 65,000 contos dus sur l'emprunt 4 0/0 1889, dont 20 0/0 payables le 15 janvier 1890, 25 0/0 payables le 15 février et 20 0/0 le 5 avril. D'autre part, dans son rapport, M. Ruy Barbosa reconnaît que l'exercice 1889 se clôt au 31 décembre 1889 par un excédent de recettes de 4.000 contos. Le Trésor possédait, d'ailleurs, le 15 novembre 1889, les ressources disponibles suivantes :

	Contos.
En espèces dans les caisses publiques............................	7.523
A reporter......	7.523

Report 7.523

En compte courant à la Banque na-

tionale 2.674

Chez les agents du Trésor à Londres 21.362

Aux États-Unis pour l'achat d'argent

à monnayer 2.995

Soit 34.554

Ces ressources étaient suffisantes pour
assurer le service de la Dette au Brésil et
en Europe jusqu'en juin 1890 ; et les recettes ordinaires de 1890 subviendront aux
dépenses ordinaires de la même année.

Au 15 novembre 1889, la section du
Trésor, qui correspond à notre Caisse des
dépôts et consignations, avait à répondre de
dépôts de diverses natures s'élevant à 80.000
contos environ, dont une petite partie seulement était exigible à vue ; les principaux
articles de ce total étaient :

12.000 contos touchés sous forme d'impôts

pour affranchir les esclaves, somme désormais sans objet, mais acquise au Trésor;

25.000 contos provenant des dépôts de la Caisse d'épargne;

15,000 contos provenant de la Caisse des orphelins;

Le reste, représentant des cautionnements.

Ces 80.000 contos constituaient réellement la Dette flottante.

Le ministre des finances évalue à 179.000 contos la somme représentée par le papier-monnaie en circulation.

Tout observateur impartial reconnaîtra sans peine qu'une pareille situation financière n'est ni obscure, ni embarrassée. Il faut donner acte à M. Ruy Barbosa de l'énergique plaidoyer qu'il a inséré dans son rapport en faveur de la politique d'économies. On ne peut qu'approuver également la décision, que le ministre déclare avoir prise,

3.

de ne jamais tenter d'influer sur le marché ; il ajoute qu'il est vain d'entreprendre de soutenir le change artificiellement. Il a confiance dans la prospérité du pays : le change reviendra naturellement au pair.

On a trouvé généralement que le ministre, en publiant le 31 décembre un document de cette nature et rédigé dans de tels termes, n'était pas tout à fait conséquent avec lui-même. On ne voyait pas arriver sans crainte cette échéance du 31 décembre 1889 : par suite de la baisse générale des titres de toute espèce négociables sur le marché de Rio, la liquidation de fin d'année ne laissait pas d'inspirer de sérieuses inquiétudes. Le moment était sans doute assez mal choisi pour lancer dans le monde un rapport qui n'était certainement pas de nature à produire une impression rassurante. Nous constaterons, avec la *Gazeta de Noticias*, que le ministre des finances a perdu là une belle occasion de prouver qu'il est décidé à ne jamais influer sur le marché financier.

Si M. Ruy Barbosa n'a pas donné tort à sa réputation de polémiste brillant et incisif, il a quelque peu déçu les espérances de ceux qui attendaient de lui qu'il fît la preuve de son « statesmanship ». Puisqu'aussi bien il a accepté de diriger les finances de l'État pour de longs mois encore, on a quelques raisons de réclamer de lui l'exposé de ses vues, de son plan. A-t-il un plan financier ? La question reste ouverte ; et cela même est regrettable. Les allusions, les menaces éparses dans son rapport ne sauraient passer pour un système, ni en tenir lieu. M. Ruy Barbosa est hostile à la politique du vicomte de Ouro-Preto ; c'est son droit ; mais à quelle politique se rallie-t-il ? Il menace, il est vrai, de détruire le régime actuel des banques

agricoles et des banques d'émission, mais il
ne dit point comment il entendrait recons-
truire. Veut-il réellement couper court aux
prêts faits à l'agriculture, au rachat du papier-
monnaie ? Mais comment s'y prendra-t-il
alors pour résilier les contrats passés entre
le gouvernement déchu et les banques ? Se-
rait-ce là respecter la Déclaration qu'il a
faite lui-même au lendemain de la révolution
et qui, avec son assentiment, a été publiée
au Brésil et à l'étranger ? La résiliation des
contrats se ferait-elle sans indemnité ?

De pareilles questions ne devraient pas
pouvoir être soulevées, — et par le ministre
lui-même, — sans recevoir une solution
prompte et nette.

Le monde des affaires, surpris en plein
travail par la révolution, a donné au gouver-
ment provisoire une preuve flatteuse de confiance en se remettant à l'œuvre sans pres-

que s'interrompre, et il fournit aux hommes du 15 novembre l'aide la plus puissante en travaillant sans relâche à la prospérité du pays; à peine a-t-il pris le temps de regretter que le changement ne se fût pas opéré deux ans plus tard, alors que les importantes entreprises engagées au cours de 1889 auraient été en bonne voie d'achèvement et que le Brésil aurait traversé paisiblement la période de transformation économique où la révolution l'a surpris : le gouvernement, — et en particulier le ministre des finances, — doit au moins à ces précieux auxiliaires de ne pas les troubler dans leur tâche.

IV

Le Brésil vu en été. — La vie à Rio : le quartier des affaires. — La rua do Ouvidor. — Le caractère *fluminense.* — De Rio à Petropolis. — La société de Petropolis. — Monarchistes hier, républicains demain.

Petropolis, le 4 janvier.

Dès mon arrivée, la politique s'est emparée de moi, elle ne m'a plus lâché. A peine m'a-t-elle laissé le temps de jeter un coup d'œil sur la nature ; c'était les hommes qu'elle me présentait. Le peu que j'ai vu du milieu pittoresque où l'homme s'agite, — lentement, — je l'ai regardé à la dérobée. Pas un instant je n'ai eu le loisir de me sentir simple touriste, à la recherche de beaux points

de vue, de paysages charmants ou gran-
dioses. Fussé-je venu en amateur curieux
des beautés naturelles, je me serais bien
vite aperçu que je n'aurais su plus mal
choisir mon moment. A parler franc, il
est presque impossible de voir le Brésil
à cette époque de l'année : le soleil acca-
blant enlève à l'Européen la force même
de regarder autour de lui ; il répand sur
toutes choses une lumière si crue, si violen-
te, qu'elles offensent la rétine et repoussent
presque le regard; aux coups de soleil suc-
cèdent brusquement de furieux orages qui
noient l'horizon dans une brume intense. Je
ne vous étonnerai plus maintenant, quand
je vous dirai que je ne puis encore me flatter d'avoir embrassé d'un coup d'œil la baie
de Rio et d'en avoir pu fouiller les détails
du regard.

Ceux de mes lecteurs qui, plus heureux

que moi, ont pu voir le Brésil en hiver, sous
un soleil moins ennemi, et qui seraient tentés de me reprocher d'être injuste en écri-
vant, voudront bien m'accorder, en raison
même de la saison où ces notes trop hâtives
ont été prises, les circonstances atténuantes.

Rio est surtout une ville d'affaires ; pour
y rester à l'époque des grandes chaleurs, il
faut y être vraiment retenu par de sérieux
intérêts. Toute la vie se concentre dans le quartier des affaires, entre la rue du 7-Septem-
bre et les quais du port. Les rues étroites ;
les maisons petites et de pauvre mine ; les
façades jadis peintes de couleurs vives déla-
vées par les pluies, souillées de poussière et
de boue ; les fenêtres et les portes absentes
ou perpétuellement ouvertes ; les enseignes
gauchement tracées ; les étalages poussiéreux,
la chaussée défoncée, ravinée, semée de trous
boueux dès qu'un orage a passé, de pavés

informes, plus dangereux qu'utiles, et ce réseau de voies, où chaque maison abrite les bureaux d'une banque ou les magasins d'un négociant, sans cesse parcouru par des files d'hommes affairés, aux figures sérieuses, tendues : tout contribue à donner à cette partie de Rio l'aspect d'une sorte de Cité de Londres, transposée sur un mode oriental, où des intérêts presque aussi considérables s'agiteraient, où les affaires seraient l'unique préoccupation, mais où l'indolence et le fatalisme apparaîtraient dans l'état sordide des voies publiques, le délabrement des habitations, le manque absolu de confort.

Sous un climat meurtrier, dans une ville où le thermomètre atteint parfois 40° à l'ombre, où les baisers du soleil sont, en été, si brûlants qu'on en meurt foudroyé, le Brésilien s'obstine à vivre et à s'habiller à l'européenne. Il travaille aux heures les plus chaudes du jour ; il va à son bureau de neuf heures à quatre heures, comme le négociant londonnien ; il se promène en redingote noire, coiffé du chapeau à haute forme, s'imposant le martyre avec la plus parfaite insouciance. En dépit de l'expérience, il ne songe pas plus à se soumettre aux conditions nécessaires de la vie sous les tropiques, que la municipalité de Rio ne se presse d'assainir la ville, périodiquement ravagée par la fièvre jaune. Aussi les visages portent-ils trop souvent la marque des souffrances que le climat impose aux constitutions les plus robustes, et que la vie, telle qu'on la mène à Rio, n'est pas faite pour atténuer. A ce régime et sous un pareil climat, tout effort, même momentané, est épuisant ; prolongé, il devient vite mortel. Et cependant il se fait à Rio beaucoup d'affaires et de grandes affaires. Mais aussi se font-elles un peu par-

tout et n'importe comment, sans appareil et
sans apparat. Les actionnaires européens de
telle banque, dont le capital s'élève à
plusieurs centaines de millions, seraient
très étonnés s'ils voyaient, dans un local
qu'un boutiquier d'une ville de province de
troisième ordre dédaignerait, travailler en
bras de chemise l'habile financier à qui ils
ont confié leurs capitaux. On fait des affaires ; le reste importe peu.

Au cœur même du quartier des affaires se
trouve la fameuse rua do Ouvidor, que les
habitants de Rio appellent leur boulevard des
Italiens. Il faut déjà bien de l'indulgence pour
lui accorder le titre de rue ; notre service de
la voirie à Paris la classerait au rang de
ruelle. Ni trottoirs, ni chaussée, à peine
huit mètres de largeur et, en bordure de chaque côté, des magasins fraîchement repeints
en couleurs vives, des étalages bondés de

produits allemands singeant le luxe à bon
marché, des vitrines de joailliers naturellement fort bien garnies de pierres précieuses;
les boutiques cossues de quelques gros personnages de la colonie française, coiffeurs,
modistes, restaurateurs ; les bureaux de presque tous les journaux de Rio. Dans cet étroit
boyau passe et repasse une foule affairée et
nonchalante (toute le journée la circulation
des voitures y est interdite); vers deux heures, cette foule devient compacte sur certains
points, des groupes d'une cinquantaine de
flâneurs obstruent la voie ; sur toutes ces
figures fatiguées apparaît de temps à autre
un éclair à l'annonce d'une nouvelle piquante,
patiemment attendue pendant des heures.

L'intérêt, pour le fonctionnaire en disponi-
bilité, le bachelier, le politicien à l'affût d'une
place, la curiosité banale et nonchalante, la
mode impérieuse pour tous les flâneurs élé-

gants ou soi-disant tels : voilà les mobiles qui
réunissent ces imprudents sous un soleil terrible, dans une ruelle où la chaleur accumu-
lée devient vite intolérable, à une heure du
jour où, dans l'Inde, on fait sagement la sieste.
Peu de femmes dans cette foule. Les mœurs
jalouses du Portugais paraissent faire encore
la loi en ce pays : la femme vit claquemurée
au logis, — qui par bonheur a des fenêtres
sur la rue.

Le trait le plus frappant du caractère brésilien est à coup sûr l'indolence : indolence
ou fatalisme, conscient ou irraisonné, ce
trait déborde sur les autres. A l'étranger qui
vient en ce pays, je conseillerai de s'armer
d'autant de patience qu'il ferait s'il pensait
se rendre en pays musulman.

L'intérêt seul, et un intérêt bien pressant,
réussit à secouer cette universelle apathie.
Après ce trait dominant, le plus marqué me

paraît être un laisser-aller bon garçon dans les relations entre hommes, une affabilité que rien ne vient troubler, une étonnante facilité d'accès : de morgue sur aucun front, toujours des mains tendues, des accueils ouverts, pas la moindre précaution contre les gêneurs ou les familiers qui s'imposent. Dans un pays où la presse est parfois d'une violence sans égale, où elle s'attaque aux personnes, j'ai toujours admiré comment le premier venu pouvait, à travers toutes portes ouvertes, pénétrer en quelques secondes de la rue au fauteuil du rédacteur en chef, sans que personne intervienne. Tel gros banquier, tel riche commerçant est d'accès aussi aisé. Ces gens-là paraissent ignorer le prix du temps, ils ont toujours l'air de n'avoir rien à faire, et leurs journaux paraissent à l'heure dite, leurs affaires marchent régulièrement : comment s'y prennent-ils ? C'est leur secret.

Je ne connais pas de pays où les classes
soient plus mêlées et se coudoient avec autant
de sans-façon (même dans la vie publique
aucune trace de préjugés de couleur), et cependant il est peu de pays où sévisse aussi
violemment la rage des titres pompeux. Dans
les derniers temps de son règne, M. de Ouro-
Preto, qui connaissait son monde, faisait des
comtes et des barons à la douzaine ; il jetait
les croix à pleines mains. Mais, de même que
les gens titrés n'en sont pas plus fiers avec leurs
amis et connaissances, de même aussi ils
n'en sont pas plus fidèles à celui qui les a
comblés. M. de Ouro-Preto est tombé sans que
ses barons aient levé un doigt pour le
retenir.

Le nombre des gens « illustres » est in-
calculable en ce pays ; s'il y a quinze millions d'habitants, il y en a tout juste autant
de « distingués ». Le goût des épithètes est

aussi vif que l'amour des titres ; mais cela ne tire pas davantage à conséquence. Peut-être est-on un peu plus en peine qu'ailleurs, lorsque l'occasion se présente, de trouver une louange qui n'ait pas déjà servi cent mille fois.

Les manifestations d'amitié, de joie, d'enthousiasme épousent des formes exubérantes ; après quelques jours d'acclimatation, l'étranger y trouve un charme piquant : je suis sûr que nos néo-bouddhistes découvriraient un grand fonds de vérité philosophique dans cette uniformité de l'élan pour les grandes comme pour les petites choses, une fois secouée l'apathie innée ; je suis convaincu qu'ils admireraient le scepticisme dormant au fond des cœurs de ceux-là même qui baisaient hier en pleurant les mains de dom Pedro II, et qui aujourd'hui se prosternent devant la jument de Deodoro.

4

Les mœurs sont douces et humaines, c'est le beau côté de la médaille dont l'indolence est le revers ; on a horreur ici des violences inutiles, et même, ce qui au demeurant est fâcheux, des violences, — mettons des résistances, — nécessaires.

Je serais incomplet et, ce qui est pis, ingrat, si je ne disais que le Brésilien est naturellement et cordialement hospitalier : il met de suite l'étranger à son aise, et, pour son hôte, il n'est pas peine qu'il ne se donne. L'hospitalité ainsi entendue et sous ce climat a double prix.

Montons à Petropolis avec les 300 ou 400 négociants, banquiers, avocats, médecins, hommes politiques, dont les familles ont fui les grandes chaleurs en se réfugiant dans la montagne, et qui chaque jour descendent à Rio. Le voyage ne dure pas moins de deux heures et demie. C'est d'abord une prome-

nade en « barque » à vapeur au travers de la
baie ; le spectacle serait merveilleux, on ne
se lasserait pas de le contempler si le soleil
n'était aveuglant quand il l'éclaire, et si des
orages presque quotidiens ne le masquaient
trop souvent à cette époque de l'année. Au
fond de la baie, à Maua, la promenade se
continue en chemin de fer ; après une demi-
heure de course folle au milieu des broussail-
les, des arbres aux formes étranges et des
lianes, le train, arrivé au pied de la montagne, s'engrène sur une crémaillère ; il souffle,
ahane et grimpe, promenant ces hommes
d'affaires, épuisés par l'effort et la chaleur
du jour, parmi des beautés comparables à
celles que le touriste va chercher au Rigi,
avec la mer, les îles de la baie et la lumière
éclatante en plus.

A Petropolis, la température est suppor-
table ; le soir, elle est fraîche, l'air est vivi-

fiant; les nuits sont réparatrices. Mais tout
cela se paye. Des pluies torrentielles de plusieurs heures et presque quotidiennes noient
toutes choses dans une atmosphère constamment humide. Petropolis est une colonie allemande que la volonté impériale a trans-
formée en ville de plaisance, peuplée de
villas élégantes, habitées par tout ce que le
Brésil compte de plus riche et de plus titré.
La ville, très étendue, — chaque maison
étant entourée d'un jardin, — court au fond
de plusieurs vallées convergentes, de toutes
parts dominées par des montagnes boisées.

Je me rappelle encore l'étrange impression
que j'éprouvai en rencontrant, le premier
jour, dans les rues de Petropolis ces rondes
faces d'Allemands aux yeux toujours bleus,
aux cheveux toujours blonds. C'est là le
petit peuple relégué aux abords de la ville.

Je m'attendais à trouver dans les jardins

des plantes exubérantes, des fleurs merveil-
leuses : j'ai été un peu déçu. Sans doute les
rues sont embaumées par les senteurs erran-
tes des magnolias en fleur; sans doute l'ex-
palais impérial, grande maison carrée sans
grand caractère, est bordé d'une rangée de
palmiers empanachés, aux fûts gigantes-
ques, placés en sentinelle, mais les fleurs
étranges et belles sont restées dans les forêts
d'alentour; on ne se donne même pas la
peine de les y aller quérir; d'autres fleurs,
de velours et de soie, fleurs ailées, fleurs vivantes, viennent à eux, aux indolents de Petropolis, puisqu'ils ne vont pas à elles : d'ad-
mirables papillons, des colibris au col ruisse-
lant de pierreries aux feux changeants,
leur apportent comme un écho, si je puis
dire, des beautés troublantes et cachées des
forêts natales.

Dirai-je quelque chose de la société de

4.

Petropolis? On me dit qu'elle existe. Je veux
bien le croire. Mais elle est pour l'instant
morte, endormie ou cachée. Elle n'a pas le
cœur à se montrer ni à s'amuser. Elle a
perdu son centre, la comtesse d'Eu. Elle a
été atteinte plus ou moins profondément
dans ses intérêts par la révolution, par la
liquidation du mois de décembre. Ce n'est
pas qu'on n'ait pas pris, ici comme ailleurs,
son parti des « faits accomplis ». Mais il est
trop tôt encore pour reprendre le train habi-
tuel de la vie mondaine et les fêtes d'antan.
Chacun se contente, interrogé à part, de reconnaître que « cela devait arriver », en attendant le moment, proche d'ailleurs, où il
ne sera plus trop indécent de se dire républicain.

V

Saint-Paul, le 13 janvier.

Rio (Corte, comme on disait au temps où il
y avait une cour impériale ; Capital federal,
aujourd'hui), Rio-de-Janeiro n'est pas le Brésil et n'en peut donner aucune idée. Rio est
une ville cosmopolite ; c'est le port le plus
important de l'Amérique du Sud où toutes les
grandes puissances commerciales apportent

leurs produits manufacturés et viennent puiser une quantité de café égale aux deux tiers
de la consommation du monde ; Rio est le
paradis des touristes, quand la saison est
douce et le soleil clément ; ils trouvent, dans
un cadre grandiose, un port et une ville
très pittoresques ; au delà de ce quartier des
affaires, dont j'ai tenté de vous donner une
idée, tout un épanouissement de villas rian-
tes ou somptueuses, espacées autour de la
baie ou peuplant les replis montagneux d'a-
lentour, toutes perdues dans une végétation
luxuriante. Mais Rio, — emporium, —
n'est que l'embouchure d'un fleuve dont les
provinces agricoles et productrices sont la
source.

Ce fleuve, j'ai pensé qu'il fallait le remonter pour me faire une idée juste du Brésil
vrai ; et je suis parti pour l'ex-province, —
aujourd'hui État, mais encore si peu *État*

que je prendrai la liberté de l'appeler toujours province,— de Saint-Paul. J'avais pour
guide bénévole le Français qui connaît peut-
être le mieux ce pays : fixé depuis dix-huit
ans au Brésil, M. Charles Morel l'a étudié
en observateur bienveillant; dans son journal, *l'Étoile du Sud*, la seule feuille française du Brésil, il travaille depuis huit ans à
faire connaître au dehors ce pays qu'il aime.
Saint-Paul m'attirait particulièrement, parce
que c'est de toutes les provinces la plus
riche et la plus avancée.

La distance de Rio à Saint-Paul, capitale
de la province du même nom, est de 596 kilomètres par voie ferrée. A cette époque de
l'année, le voyage, qui se fait de jour et
dure treize heures, est des plus pénibles; si
beau que soit le parcours en maint endroit,
la poussière (la voie est dépourvue de ballast)
et la chaleur suffocante gâtent tout le plaisir

du spectacle. La ligne, à voie large sur une longueur de 265 kilomètres, de Rio à Cachoeira, traverse d'abord la banlieue de la capitale, laide et malpropre comme toutes les banlieues du monde, comme tout ce qui est simili, simili-ville, simili-campagne, comme tout ce qui n'a plus déjà l'activité du centre sans jouir encore du grand calme des champs. A Belem (62ᵉ kilomètre), la voie arrive au pied de la montagne, et, par des pentes et des lacets, à travers plus de dix tunnels, elle franchit le pas en 40 kilomètres. Cette terrible Serra do Mar avait arrêté les Anglais qui, ayant entrepris de relier Rio à Saint-Paul, n'ont pas osé dépasser Belem. Des ingénieurs brésiliens ont tenté la fortune ; ils ont réussi : leur œuvre, qui date de plus de vingt ans, était une merveille à l'époque où elle fut achevée. Pour les ingénieurs du Gothard, la chose ne serait plus qu'un jeu,

peut-être ; mais si l'entreprise paraît aujourd'hui moins hardie, les profondes vallées
de la Serra sont toujours aussi belles. La
montagne franchie, la ligne suit le cours de
la Parahyba et serpente avec elle. J'admi-
rerai une fois pour toutes l'audace des
courbes décrites par les ingénieurs qui ont
construit les voies ferrées au Brésil. Le
train s'engage, à une vitesse de plus de 70
kilomètres à l'heure, sur des courbes de 60 à
80 mètres de rayon et, à peine sorti d'une
courbe, se lance sur une autre en sens inverse : c'est merveille qu'il ne déraille point.
Le train a vraiment une souplesse d'anné-
lide ; le matériel roulant, presque entièrement fait de bois léger et dur, saute et re-
bondit avec une élasticité qui sauve tout. Et
c'est grâce à cela que l'on a pu faire pénétrer un peu sur tous les points de cette immense contrée la voie ferrée à peu de frais.

La voie suit la ligne de niveau, sans souci
de la ligne droite, perdant du temps et du
terrain dans un pays où ce sont choses de
peu de prix, mais tournant en fin de compte
tous les obstacles naturels, impossible à
franchir sans de grosses dépenses. C'est
ainsi que j'ai pu faire plus de 500 kilomètres
dans la province de Saint-Paul, à travers un
pays accidenté, sans rencontrer un seul travail d'art. Que n'a-t-on construit de la sorte
nos chemins de fer électoraux ?

La partie de la province de Rio, que traverse la ligne, est assez peu cultivée. De loin
en loin, une *fazenda* entourée de quelques
maigres plantations de café et de maïs; plus
souvent, au milieu d'un petit champ planté
de manioc, de riz, de maïs, une case de
nègre ou de colon misérable, en lattes et en
torchis, à l'abri du panache opulent des ba-
naniers.

A Cachoeira, à 500 mètres d'altitude, la voie, devenue étroite, s'engage sur l'immense plateau de Saint-Paul : plateau vallonné, bordé au Nord-Ouest par les hautes montagnes bleues de Minas, en grande partie couvert de forêts encore vierges, de *campos* nus ou semés d'arbustes rabougris, de timides essais de cultures, et partout surgissant par centaines, faits de terre rougeâtre, et en bonnet de clown, les tumulus, hauts parfois de 80 centimètres, édifiés par les fourmis.

La ligne quitte la vallée de la Parahyba pour celle du Tiété : Saint-Paul est proche. Sur une des collines de ce plateau, qui atteint presque 800 mètres d'altitude, les Paulistes ont construit leur capitale qui déborde déjà de toutes parts sur la plaine. La ville de Saint-Paul comptait à peine 25.000 habitants il y a dix ans ; elle en a bien près de 60.000 aujourd'hui, sinon davantage. (La statis-

tique a encore fort à faire en ce pays pour
satisfaire toutes les légitimes curiosités.) C'est
une ville bien vivante, aux rues régulièrement pavées et soigneusement entretenues,
bordées de maisons solidement bâties à
l'européenne. Le climat n'y est jamais trop
brûlant, grâce à l'altitude; les nuits sont
douces et réparatrices; en hiver, le thermomètre se rapproche du point de congélation.
Il y a donc une époque de l'année où
les tempéraments se retrempent. En cette
saison où, à Rio, l'on se sent mourir, à
Saint-Paul on se sent vivre. Aussi quelle différence entre le Fluminense (habitant de Rio)
et le Pauliste! Le Pauliste est généralement
un gaillard solide, de haute taille, aux
larges épaules, aux traits énergiques ; il a
adopté, signe caractéristique, le chapeau de
feutre mou à larges bords du squatter; et il
le porte crânement. Il entend fort bien ses

intérêts; on le dit même égoïste. En tout cas, il est pratique, et c'est sans doute la qualité qu'il aime le plus à se voir accorder.

Les Paulistes ont joué dans l'histoire du Brésil un rôle à part; ils furent les premiers colons. Les premiers, ils abandonnèrent la guerre de proie; ils renoncèrent aux instruments de règne, employés par les *conquistadores* portugais, avides d'or et de pierres précieuses, peu soucieux de la prospérité matérielle du pays et prodigues du sang des indigènes. Ils se mirent à conquérir la terre pour la défricher et la cultiver; c'était une révolution. Ils avaient affaire aux possesseurs autochtones, à la vaillante et puissante race guaranie. Ils gagnèrent les chefs par des mariages et l'entente s'établit. Ils s'avancèrent vers l'intérieur; ils explorèrent la forêt vierge et franchirent les montagnes de Minas. Le Mineiro, habitant de la province de

Minas (presque aussi vaste que la France), devenu le rival du Pauliste, est son cousin par le sang.

Aujourd'hui, le Pauliste continue de montrer d'excellents exemples à ses concitoyens des autres provinces. C'est à Saint-Paul que l'on a préparé, avec le plus de prévoyance, le passage du régime de l'esclavage à celui du travail libre ; c'est dans cette province que les efforts les plus sérieux et les plus heureux ont été faits pour encourager l'immigration ; c'est là aussi que la culture du café est menée avec le plus de méthode et de soin ; c'est à Saint-Paul enfin que j'ai vu poindre les symptômes d'un mal dont le Brésil n'est pas près de périr, — l'épargne.

Le Pauliste est entreprenant et prudent à la fois. Il accueille le progrès, et l'adopte dès que l'épreuve est faite et l'a satisfait. Il n'est pas du tout amateur du système de

« la poudre aux yeux » ; il aime mieux jouer
le rôle de la tortue que celui du lièvre ; il a
le goût des choses solides, mais il ne se fie
qu'aux débuts modestes. La ville de Saint-
Paul se développe avec une rapidité extraor-
dinaire pour une ville de l'intérieur ; mais
rien de factice dans cette fièvre de croissance.
A voir les Paulistes à l'œuvre, on gagne
confiance.

La province compte 1 million 1/2 d'habitants ; elle en pourrait nourrir et enrichir dix
fois autant. Durant les quatre ou cinq dernières années, on a réussi à y attirer plusieurs
centaines de mille émigrants, principalement
des Portugais et des Italiens.

L'esprit public ne peut manquer d'être original dans une province où les caractères
sont par bonheur si fermes et si bien trem-
pés. — Je dois dire que, involontairement
sans doute, et par réaction, j'accentue un

peu les traits particuliers du Pauliste; je compare surtout ici les Brésiliens entre eux J'aurai occasion, plus tard, de juger en bloc l'esprit public au Brésil. — On reproche assez généralement aux Paulistes d'être assez âpres dans la poursuite et la défense de leurs intérêts. On ne peut leur reprocher d'aimer leur petite patrie, mais on regrette qu'ils la fassent trop souvent passer avant la grande. Plus que tout autre, peut-être, la province de Saint-Paul sentait impatiemment le joug trop pesant du pouvoir central et désirait l'autonomie. Je me figure que les Paulistes devaient se soucier assez peu que la cour, — si lointaine, — dût disparaître avec la dynastie, si l'indépendance fédérale devait être conquise à ce prix.

Les propagandistes républicains avaient beau jeu à Saint-Paul ; et, autant que j'en puis juger maintenant, il me semble que le parti républicain y était déjà du temps de la monarchie très puissamment organisé. La jeunesse des écoles (Saint-Paul est le siège de l'une des deux Facultés de droit, — l'autre se trouve à Pernambouc, — et la Faculté pauliste compte environ 400 étudiants), était une proie facile. L'abolition faite, les *fazendeiros* (propriétaires de *fazendas*, exploitations agricoles) devenaient les alliés des républicains, les amis, honteux peut-être, des ennemis de ce pouvoir qui les lésait dans leurs plus vifs intérêts.

Il y a sur le pavé de Saint-Paul tout un petit monde de journalistes, d'hommes de lettres, d'hommes d'État en herbe, — tous bacheliers ou docteurs. Et Saint-Paul compte jusqu'à huit journaux où l'on s'en donne à cœur-joie. Notre littérature est en grande faveur parmi cette jeunesse qui fermente. On se nourrit de nos poètes et de nos ro-

manciers les plus modernes ; je ne jurerai
pas qu'on les comprenne toujours bien, mais
on les connaît ; on les cite, on les récite, —
et on les aime. Dirai-je à M. José-Maria de
Heredia qu'il y a quelques jours à peine, le
Diario Mercantil, de Saint-Paul, publiait en
bonne place dans le texte original et sans
traduction, — pourquoi trahir ? me disait
l'homme de goût qui dirige cette feuille, —
son joli sonnet archaïque, le *Bon Huchier
de Nazareth* ? Mais je suis persuadé que
M. Émile Zola ou M. Georges Ohnet préfé-
reraient qu'on les aimât un peu moins et
qu'on les payât en bonne monnaie sonnante
et trébuchante. C'est la cause de tous nos
littérateurs qu'il faut défendre ; il n'existe
pas de convention littéraire entre la France
et le Brésil. A peine un roman à sensation
paraît-il à Paris que tel grand journal de Rio
ou de province s'en empare, le traduit, le

public, et se fait à peu de frais une immense réclame sur le dos de notre écrivain.

Les Paulistes revendiquent l'honneur d'avoir été les premiers et les plus ardents à engager et à mener la campagne de l'abolition. De Saint-Paul partaient des missionnaires, des « propagandistes » qui allaient prêcher la bonne parole dans les milieux favorables ; ils engageaient les nègres à abandonner le travail et leurs maîtres, leur fournissaient les moyens de s'échapper. Et quand le gouvernement, cédant aux réclamations pressantes des *fazendeiros,* ordonna à l'armée d'intervenir pour ramener les fugitifs à leurs propriétaires, l'armée, gagnée par les abolitionnistes, disent les uns, un peu effrayée ou dégoûtée de la tâche, disent les autres, opposa la force d'inertie, et l'abolition par la loi devint une nécessité inéluctable.

J'étais fort curieux de causer de la fédé-

ration avec des Paulistes; quelle idée s'en
font-ils? Ils ont été des plus ardents à la réclamer et ils étaient assurément les plus
intéressés à l'obtenir. Mon impression est
que pour l'immense majorité, pour ne pas
dire la totalité, les idées sont très vagues à
ce sujet; on est enchanté à Saint-Paul que
la république ait été proclamée, mais on
trouve que depuis la révolution la politique
a pris dans les préoccupations et les occupa-
tions de tous une place qu'on n'est ni habitué ni disposé à lui accorder. On est pressé
d'en finir avec les questions de principe, de
droit constitutionnel; on a hâte de savoir à
quoi s'en tenir, afin de recommencer,
comme devant, à faire ses affaires et, mieux
que devant, à les faire toutes ou presque
toutes soi-même.

Les nouveaux États, et particulièrement
celui de Saint-Paul, sont assez impatients

de s'organiser. Ils trouvent déjà que la république est bien longue à satisfaire les espérances qu'elle a fait naître. Rien jusqu'à présent n'a été changé que le nom des choses et le personnel des fonctions publiques. Le président de province a été remplacé par un gouverneur d'État, muni de pouvoirs extraordinaires qui font de lui un véritable dictateur. Mais les Assemblées provinciales ont disparu comme le Parlement de Rio. Le gouverneur, fort occupé de « républicaniser » le personnel, de récompenser les dévouements, de donner des gages et d'en recevoir, n'a pas le loisir d'ébaucher une politique. A la vérité, il est comme le gouvernement de la république dans une passe fort difficile, et qui ressemble terriblement à une impasse.

On affirme aux anciennes provinces qu'elles sont devenues États du jour au lendemain.

Elles demandent à agir en conséquence. Mais il faut attendre que la Constituante ait été réunie pour toute la république, que la Constitution fédérale ait été votée ; alors seulement chaque État pourrait, à son tour, songer à se constituer à sa guise, du moins dans les limites que la Constitution fédérale ne manquera pas de tracer. Il n'existe pas de patience, si robuste fût-elle, qui puisse résister à une si longue épreuve ; or, il y a longtemps déjà que les provinces réclament leur autonomie. Un homme d'État qui occupe une situation prépondérante à Saint-Paul, et qui fut deux fois ministre sous la monarchie, M. Antonio da Silva Prado, me dit qu'il faut à tout prix trouver une prompte solution : le gouvernement provisoire devrait, selon lui, promulguer la Constitution fédérale, dès qu'elle aura été élaborée par la commission chargée de la rédiger ; la Con-

stituante serait appelée plus tard à la dis-
cuter et à l'adopter avec ou sans amende-
ments; mais, en attendant, chaque État
pourrait songer à se constituer et à débuter
dans sa nouvelle vie; ainsi serait avancée
l'échéance trop reculée du provisoire (1).
Je ne chercherai pas à justifier en droit une
semblable procédure; je n'en vois pas le

(1) Le gouvernement provisoire a depuis lors, semble-
t-il, donné satisfaction, et au-delà, à ce désir. Il a décidé,
dit-on, de publier dans tous les journaux du Brésil le projet
de Constitution qu'il aura adopté; la discussion s'ouvrira,
et, au jour des élections, le 15 septembre, l'électeur, étant
censé suffisamment instruit par les discussions qui auront
duré plusieurs mois pour décider en connaissance de
cause, devra inscrire sur son bulletin de vote à côté du
nom de son candidat, un *oui* ou un *non*, suivant qu'il
accepte ou repousse le principe de la République et en
bloc le projet de Constitution adopté et publié par le gouvernement. S'il y a majorité de *oui*, la Constitution en-
trera immédiatement en vigueur et l'Assemblée déli-
bérera de suite comme Assemblée législative. S'il y a
majorité de *non*, ce qui est tout à fait improbable, l'Assemblée élue fonctionnera comme Constituante. Il y a
loin de là à la mesure purement provisoire réclamée par
M. A. Prado; nous croyons que le plébiscite, pour ne pas
dire l'escamotage, médité par le gouvernement provisoire
serait un mauvais début pour la république légale.

moyen. Mais je suis obligé de reconnaître
qu'une sorte de raison d'État et de nécessité
supérieure invite le gouvernement du maréchal Deodoro à hâter le dénouement de la
crise.

En ce moment, les dispositions paraissent
excellentes dans les provinces : le vent est à
la conciliation. Des intérêts rivaux que l'attente prolongée exciterait peuvent être con-
ciliés; on peut encore raisonnablement
parler, au nom de l'enthousiasme soulevé
des esprits par les événements du 15 novembre, de concessions réciproques entre
des provinces devenues États jaloux. Plus
tard, il serait trop tard peut-être.

Les Paulistes apportent dans la vie publique le même esprit que dans la vie privée; il leur déplaît de s'occuper autant de
politique pure; il leur tarde de traiter les
questions d'intérêts. J'insiste : je répète

qu'il est indispensable de ne pas laisser trop
longtemps les esprits dans l'ignorance et
dans l'incertitude : le 16 novembre, les
républicains avaient proclamé à Saint-Paul
la « république de Saint-Paul », se souciant
fort peu sans doute du reste du Brésil. La
république de Saint-Paul avait déjà son
hymne national, son drapeau. Ce drapeau
n'a pas encore tout à fait disparu : il est noir,
blanc et rouge : mais on n'est pas tout à fait
d'accord sur la disposition des couleurs. La
presse pauliste discute avec le plus grand
sang-froid les avantages que l'État de Saint-
Paul va tirer du régime fédératif. Saint-
Paul était la « vache à lait » de l'empire ; le
Trésor en tirait une grande partie de ses
plus claires ressources. Tout cet argent n'ira
plus à Rio ; il en restera la plus grande partie
à Saint-Paul ; on discute déjà sur l'emploi
à en faire. On parle aussi d'un nouveau

groupement d'États : le Parana se réunirait
à Saint-Paul, dont il a été séparé jadis;
Minas, qui n'a pas de port, s'adjoindrait
Espirito-Santo. Ailleurs, plus au Nord ou
plus au Sud, d'autres espoirs ont dû naître.
Il est un fait certain, c'est que les anciennes
provinces comptent recevoir la plus large
autonomie. « Plutôt la séparation qu'une république centralisée », me disaient à Saint-
Paul des gens fort influents.

De Saint-Paul je suis allé à Santos, qui
sert de débouché maritime à toute la province de Saint-Paul. Après Rio, Santos est
le plus grand centre d'exportation de café au
Brésil. Les recettes de la douane de Santos
peuvent servir de mesure à la prospérité de
la province : elles s'élevaient à 4.417.685
milreis en 1878; en 1884, à 7.457.411 milreis
et, en 1887, à 11.737.431 milreis. Santos
n'est qu'à 79 kilomètres de Saint-Paul en

chemin de fer. Cette ligne franchit la Serra do Mar; au kilomètre 49, à compter de Saint-Paul, l'altitude est de 798 mètres; 8 kilomètres plus loin, la ligne court à 19 mètres au-dessus du niveau de la mer. Pour franchir ce pas de géant, un train descendant est attaché à l'une des extrémités d'un câble métallique et un train montant à l'autre, et ils se meuvent sur un plan fortement incliné. Le câble enroulé autour d'un cylindre est mis en mouvement par une machine à vapeur fixe. La distance a été divisée en quatre parties; c'est comme un escalier formé de quatre degrés immenses. Cette ligne, admirablement construite et entretenue, est une véritable mine d'or pour les actionnaires de la Compagnie — anglaise — qui l'exploite : la Compagnie a distribué 22 0/0 à ses actionnaires, l'année dernière.

Santos ne compte pas plus de 10.000 à

12.000 habitants. C'est simplement un entrepôt maritime. La ville est malsaine ; n'y
habitent que les commerçants retenus par
leurs intérêts. Les plus grands navires peuvent accoster à quai dans le port ; mais les
quais sont aujourd'hui insuffisants. Les navires attendent leur tour pour opérer le
débarquement.

IV

Une excursion à l'intérieur de la province de Saint-Paul. — 300 kilomètres vers l'Ouest. — Une *fazenda* de café. — Une plantation conquise sur la forêt vierge. — Ce que rapporte le caféier. — Les caféiers en bataille. — La cueillette de la cerise et la préparation de la fève. — Le travail libre substitué à la main-d'œuvre servile. — L'immigration : la condition de l'immigrant. — Les prétendus *colons*. — La question sociale au Brésil. — L'immigrant doit coloniser pour son compte et non pas être simplement le suppléant de l'esclave. — Les bienfaits que le Brésil tirerait de l'immigration bien entendue. — La féodalité foncière et la petite propriété: le droit de propriété. — Nécessité de la réhabilitation du travail.

Santa-Veridiana (station de Lage. — État de Saint-Paul), 13 janvier.

Quitter le Brésil sans avoir visité une plantation de café, je l'aurais toujours regretté.

Pour quiconque cherche à se faire une idée juste de l'état de ce pays et tente d'entrevoir l'avenir qui lui est réservé, la clef du problème se doit chercher sur le terrain même de la fazenda.

Je fis part de mon désir à M. Antonio da Silva Prado, que la politique n'a jamais empêché d'administrer avec une grande sollicitude sa grande fortune territoriale ; il me donna une lettre pour le gérant d'une de ses fazendas, située dans l'ouest de la province de Saint-Paul.

Cette fazenda de Santa-Veridiana est célèbre dans toute la province ; elle passe pour l'une de celles où la culture est le mieux entendue, le sol le plus fertile ; située à 300 kilomètres de Saint-Paul, elle est à portée de la ligne ferrée Mogyana, qui y mène de la capitale en neuf heures. Jusqu'à Campinas, la plus grande ville de la province après

Saint-Paul, ville très florissante, très animée, le chemin de fer est à voie large. A Campinas s'embranche la voie étroite, la plus économique qui ait été construite au Brésil (on n'a pas dépensé plus de 70.000 fr. par kilomètre); elle déroule ses courbes hardies à travers des contrées fertiles et bien cultivées. Elle s'engage dans cette partie occidentale de la province si riche et si féconde, dont les Paulistes sont à juste titre très fiers. La forêt vierge alterne avec de belles plantations de café.

Le sol devient uniformément rouge, d'un beau rouge brique; il est constitué d'une sorte de glaise qui, desséchée par le soleil de janvier, se résout en fine poussière et couvre choses, bêtes et gens d'une couche d'ocre. Mais c'est là le sol prodigue qui rend au centuple ce qu'on lui a confié.

La vie est très active sur ces immenses

étendues de territoire ; les trains sont presque
toujours bondés de voyageurs, même à cette
époque de l'année, où le Brésilien lui-même
ne se résigne que contraint et forcé à affron-
ter le supplice de la suffocation en chemin
de fer. De loin en loin surgit une gare (quelques-unes, celles des villes de quelque importance, parfois très bien aménagées, la plupart du temps, assez primitives) ; à peine
aperçoit-on quelques maisons semées à l'en-
tour, et cependant la gare est toujours pleine
de voyageurs ou de curieux, hommes de
l'intérieur, qui viennent ainsi reprendre à
la volée le contact de la capitale. Je retrouve
tout le long ces Paulistes énergiques, hommes
de travail, simples de mise et de carrure
vigoureuse.

A la station de Lage, un *troll* attelé de
deux mules nous attend. (Le *troll* est composé de deux paires de roues réunies par deux

planches en V qui servent de support à deux
sièges très rustiques; c'est la voiture yankee,
le passe-partout des chemins défoncés de
l'intérieur.) La fazenda est à un kilomètre de
la gare. Autour d'une immense cour, des bâtiments en brique, communs et maisons d'habitation, simples mais commodes; plus loin,
deux longues rangées de maisonnettes, —
il y en a 80 environ, — les maisons des colons.
Tout alentour les files régulières des caféiers
rangés en bataille par grandes taches de ver-
dure sombre; des intervalles plus clairs, légè-
rement jaunes, occupés par le maïs, le voi-
sin inséparable du café; puis, dominant les
formes arrondies et trapues des caféiers et
les tiges élancées des pieds de maïs, droits
ou tordus, se profilant sur les hauteurs ou
perdus dans la plaine, de grands troncs cal-
cinés, ébranchés, derniers vestiges de la forêt vierge conquise par le feu et matée par

le fer. A quelque mille mètres de la maison d'habitation, de superbes palmiers, des arbres touffus, un fouillis de lianes, c'est la forêt vierge, qui attend le brandon du pionner. Ce pays est admirable; profondément vallonné, très varié d'aspect et de contours, avec à l'horizon de grandes montagnes bleues aux lignes douces, il semble que la terre y exhale un parfum troublant de jeunesse et de vie. A plus de 700 mètres d'altitude, le climat n'y est pas excessif, les colons italiens y retrouvent le ciel et le soleil d'Italie. Les matinées sont claires, les soirées délicieuses. Je me suis promené à cheval tout un matin dans les plantations sous ce même soleil qui, à Rio, m'aurait aveuglé et terrassé; et, ici, j'ai pu courir et regarder tout à mon aise.

Il y a vingt-cinq ans, à cette même place, c'était la forêt vierge, rien que la forêt vierge; M. Antonio Prado a conquis sur elle 600 alqueires; sa plantation est traversée par le chemin de fer sur une longueur de plus de 6 kilomètres; elle compte 400.000 pieds de café, dont 280.000 en plein rapport (de cinq à trente ans). Sur ce sol merveilleusement fécond, le caféier reste productif jusqu'à cinquante ans. Le caféier, comme la vigne, réserve au cultivateur d'étranges surprises : la fazenda de Santa-Veridiana qui va donner cette année près de 45.000 arrobes de café (1 arrobe = 14 kilogrammes environ) n'en avait donné que 8.000 l'an passé; et en 1888, la récolte avait été de 42.000 arrobes. En comptant l'arrobe à 7.500 reis, la cueillette de 1890 rapportera 300 contos (1 conto = 2.700 fr. environ); en déduisant 60 contos pour les frais d'exploitation, on peut évaluer à 240 contos le bénéfice net d'une année comme celle-ci : c'est un beau denier. Il est vrai que l'outillage industriel nécessaire à la prépara-

6

tion de la cerise une fois cueillie, les bâtiments, les plantations représentent une mise
de fonds considérable.

J'ai parcouru ces files régulières d'arbustes
au feuillage luisant d'un vert sombre, à la
silhouette rebondie, qui atteignent et dépassent 3 mètres entre vingt et trente ans; es-
pacés de 4 en 4 mètres, le sol est soigneusement sarclé autour des pieds; les herbes en-
vahissantes ont été arrachées et les caféiers
se présentent comme une armée pour la pa-
rade. Les cerises vertes encore, qui deviendront rouge-sang et contiendront la précieuse
fève, se pressent sur les rameaux, attachées
à la tige même, alternant avec les feuilles.

En mai ou juin commencera la cueillette;
les cerises, recueillies dans des paniers, seront jetées dans un réservoir d'eau placé au
sommet d'un immense plan incliné, dallé et
orienté au soleil; là, elles seront d'abord dé-

barrassées de la pulpe par l'action de l'eau ;
puis, les fèves étalées sur les dalles, séche-
ront au soleil et seront acheminées peu à
peu vers un grenier. Une sorte de drague
à vapeur viendra les y saisir pour les faire
passer dans une machine qui les débarrasse
des dernières pellicules qui les recouvrent ;
elles seront ensuite classées mécaniquement
par ordre de grandeur, à l'aide d'une sorte de
tamis cylindrique. Ainsi classé, le café, mis
en sac, sera prêt pour la consommation. Le
chemin de fer est proche qui le conduira aux
marchés de Santos ou de Rio.

J'ai décrit là, à très grand traits et sans
aucune compétence technique, une fazenda
modèle. Je ne prétends pas donner à penser
que tout est pour le mieux dans le meilleur
des mondes.

Comment M. Antonio Prado est-il parvenu
à maintenir sa fazenda en si bel état, à tra-

vers la crise de l'abolition, alors que les
planteurs de la province de Rio abandonnaient leurs cultures faute de bras, et qu'à
Saint-Paul d'autres *fazendeiros* luttaient
avec peine contre des difficultés parfois in-
surmontables ?

C'est le travail libre, substitué en temps
utile au travail esclave, qui a fait ce mira-
cle. Toute l'habileté et tout le mérite de
M. Antonio Prado consistent à avoir prévu
dès longtemps que le nègre émancipé ne
serait plus un auxiliaire sûr, qu'il fallait
préparer l'avenir et recruter des bras. C'est
à l'Europe, — réservoir d'hommes, — qu'il
fallait puiser. Les Paulistes et M. Antonio
Prado, un des premiers parmi ses compa-
triotes, ont, depuis plusieurs années, encouragé l'immigration allemande, italienne,
portugaise par tous les moyens.

Au lendemain de l'abolition, les nègres

ont disparu; pour eux, la liberté c'était naturellement la liberté de ne rien faire et de changer de milieu : ils ont gagné les villes où ils vivent, les hommes, on ne sait trop comment, les femmes, on le sait trop. Bon nombre d'entre eux se sont rendus dans les provinces du Nord où l'élément noir domine. Dans la province de Saint-Paul on ne voit aujourd'hui que très peu de noirs.

Quelle est la situation du colon, de l'immigrant européen qui les a remplacés? Il débarque à Rio ou à Santos avec sa famille, tous épuisés par un terrible voyage; on les héberge dans un hôtel d'immigration, immense caserne bâtie à cet effet, où ils attendent que les fazendeiros viennent les engager. Saint-Paul possède un de ces hôtels d'immigrants. L'immigrant arrive, presque dépourvu de tout, dans la petite maison en brique, proprette et gaie, que le propriétaire

6.

fermier de l'ouest de Saint-Paul lui a fait construire. Le fazendeiro lui fournit les objets de première nécessité et lui ouvre un compte débiteur. A aucun moment le colon ne paye de loyer pour son habitation, mais il se trouve dès le premier jour endetté. Pour ce misérable, c'est l'abondance après la disette ; il puise sans compter au magasin de la fazenda, et malheureusement certains propriétaires ont encouragé leurs colons à s'endetter. Ils se les attachaient par une dette qui est une dette de travail forcément.

A Santa-Veridiana, où les choses se passent très régulièrement, la plupart des colons sont endettés. Sur près de 80 familles, 28 seulement ont un actif qui excède le passif. Les autres familles sont arrivées depuis quatorze mois seulement ; elles n'ont pas encore réussi à se libérer des dettes des premiers mois où elles ont dépensé sans produire.

Voici quelles sont les conditions du travail : le propriétaire paye pour le sarclage de 1.000 pieds, 12.000 reis; il y a cinq sarclages par an ; un homme peut nettoyer par jour 350 pieds de café. Au moment de la cueillette, un sac de 50 litres est payé 300 reis ; un homme peut cueillir 1.000 paniers de 50 litres dans une année comme celle-ci, où la matière à cueillir ne manque pas. En 1888, plusieurs familles ont reçu 3 contos de reis, produit la cueillette.

Chaque colon chef de famille a son livret, — doit et avoir, — qui est une copie des registres de la fazenda. On lui porte en avoir le travail fourni par lui et les siens, le produit des animaux qu'il a élevés et peut avoir vendus au fazendeiro, le produit de la vente du maïs, des haricots, des légumes qu'il lui est permis de cultiver sur certains terrains ou entre les jeunes pieds de café ; — en dette,

tout ce qui lui a été fourni pour la nourriture
et l'habillement de la famille. J'ai feuilleté
plusieurs livrets et les registres de la fazenda.

Voici par exemple la situation d'un chef
de famille (4 personnes), établi le 6 mars
1887 : le 31 décembre 1887, il devait 329,000
reis; le 31 décembre 1888, sa dette est
éteinte et il reçoit 90,000 reis ; le 31 décembre 1889, il reçoit 103,000 reis, auxquels il
faut ajouter les produits de l'élevage et de
la culture qui n'apparaissent pas sur les
comptes du fazendeiro. — Autre exemple :
1 chef de famille (7 personnes qui travail-
lent), établi depuis quatre ans ; il a épargné
3 contos de reis (plus de 8,000 fr.) placés à
intérêt; il possède, en outre, 5 ou 6 mules
et chevaux, 7 têtes de bétail à corne, 30
porcs ; il a en avoir sur les livres, 500,000
reis.

Si dépendante qu'elle soit (le colon s'engage à ne pas cultiver le café pour son compte), cette situation correspond pour l'immigrant italien, toujours fort misérable, à un notable progrès matériel; l'immigrant est traité avec douceur, il se constitue un *home*. Chaque maisonnette compte deux pièces : dans l'une, se trouve l'âtre avec les ustensiles de cuisine, les provisions; dans l'autre, les lits faits de planches sur quatre pieux fichés dans la terre battue ; sur les murailles, blanchies à la chaux, çà et là quelque souvenir de la terre natale, les inévitables chromos de sainteté. J'ai même trouvé dans l'une des maisonnettes toute une petite bibliothèque en quinze minces volumes, assez malpropres, grâce au long usage, et dans le tas, rencontre inattendue, les *Lettres de Cicéron*. Cela me rappelle qu'en passant à Dakar, j'ai découvert dans un coin

de la chambre d'un modeste agent des postes,
— qui n'avait pour tout mobilier qu'un lit,
une cuvette et une chaise boiteuse, sur une
planche moisie, — le *Jardin des Racines
grecques*.

A Santa-Veridiana, chaque colon a un jar-
dinet où il cultive des légumes, une basse-
cour parfois très bien garnie. Et il vit heureux là quelques années; mais, les dettes
éteintes, l'épargne s'amassant, l'ambition lui
vient. Cet homme, qui a fui la misère et la
servitude sociale, se lasse d'être tenu dans
une étroite dépendance, de n'être, en somme,
qu'un simple domestique ; il veut être propriétaire, il veut être chez lui et tenter la
fortune à sa guise. Aussi est-il rare qu'un
colon reste plus de cinq ou six ans dans une
fazenda ; à la première occasion, il se rapproche de la ville pour s'y livrer au petit
commerce, à la petite industrie ou pour

acheter et cultiver un lopin de terre dans la banlieue.

Et par là nous touchons à ce que j'appellerai la question sociale au Brésil. Les fazendeiros ont compris que la main-d'œuvre servile venant à manquer, ils ne pouvaient être sauvés de la ruine que par la main-d'œuvre libre importée d'Europe. Les Paulistes, fort éveillés sur leurs intérêts, ont encouragé l'immigration ; mais ils n'ont pas su traiter convenablement l'immigrant. Ils ne voient en lui qu'un suppléant de l'esclave, c'est l'instrument de leur propre fortune et rien de plus. Aussi est-ce par un étrange abus des mots qu'ils appellent colons ces immigrants ; c'est perpétuer l'antique système colonial, un peu modifié, ce n'est pas là coloniser.

Le prolétaire qui abandonne le vieux monde, pour se soustraire à la condition trop dure que lui fait la société, doit trouver autre chose, dans sa nouvelle patrie, qu'un prolétariat moins pénible. Le Brésil, long-temps énervé par l'esclavage, a besoin de bras solides; s'il veut les attirer, il doit leur offrir une partie franche à jouer ; il lui faut de viriles énergies pour peupler son immense territoire, défricher et coloniser ses terres vierges ; qu'il s'adresse à des hommes vi-goureux, qu'il les accueille comme des auxi-liaires précieux du développement national et les traite en libres citoyens.

Malheureusement, le Brésil est encore à bien des égards un pays neuf; il voit cependant se dresser sur sa route un grand pro-blème, en face duquel les États du vieux monde croient parfois être seuls à se débat-tre impuissants, — le problème de la pro-priété foncière. La terre, dans toutes les par-ties accessibles du pays, est aux mains d'une aristocratie de grands propriétaires : les

fazendeiros. Descendants des *capitaões* portugais, qui avaient reçu de la couronne du
Portugal d'immenses fiefs, ou arrière-ne-
veux des clients de ces barons du nouveau
monde, ils prétendent occuper des lieues et
des lieues de terrain, toute la terre désira-
ble et cultivable ; l'État, dépouillé, plus pauvre que dans certains pays du vieux monde,
n'a point de terres à distribuer aux immigrants. Jusqu'à ces dernières années, la petite
propriété existait à peine ; aux abords des
villes seulement, les fazendeiros consentent
à diviser leurs fiefs afin d'en trouver un bon
prix.

Une pareille situation ne saurait se perpétuer sans nuire grandement au développement du pays, d'autant que bon nombre de
ces grands propriétaires sont aujourd'hui de
simples misérables qui vivent sordidement
dans un coin de leur domaine : dénués de

7

ressources, manquant de l'énergie nécessaire à la mise en valeur de ces terres, ils
les immobilisent au grand détriment du bien
public. A ce mal, quel est le remède? Le
vicomte de Taunay, qui apporte dans l'étude
de ces questions tout le sérieux d'un esprit
élevé et toute l'ardeur de son amour pour
la patrie brésilienne, propose que l'État lève
l'impôt foncier avec la dernière rigueur sur
toutes les terres. L'impôt sera léger aux propriétaires industrieux qui justifient de leurs
titres en exploitant leur domaine ; le propriétaire indigne, qui vit dans l'oisiveté,
sera incapable de payer l'impôt et ses terres devront retourner à l'État.

Mais les fazendeiros constituent une classe
jusqu'ici toute-puissante; lorsque, il y a quelque temps déjà, il avait été question de per-
cevoir rigoureusement l'impôt foncier, nombre d'entre eux avaient défié les pouvoirs

publics de tenter une pareille entreprise. Il est vrai que le suffrage censitaire, qui était tout à leur dévotion, a disparu ; de nouvelles couches arrivent aux affaires publiques. L'intérêt général finira bien par prévaloir. Mais les républicains oseront-ils risquer l'aventure ? Ne reculeront-ils pas devant le danger de s'aliéner leurs alliés de la veille ?

Il n'est pas sans intérêt de noter qu'il existe dans les provinces de Santa-Catarina et du Parana plusieurs colonies de petits propriétaires, immigrants allemands pour la plupart. Mais comme ces provinces ont dû acheter les terres qu'elles leur ont cédées, les lots sont trop restreints et ne dépassent guère une superficie de cinq hectares. Ce sont là, malheureusement, des tentatives isolées.

L'esclavage n'a pas survécu si longtemps dans ce pays sans y porter des fruits amers.

Il est de toute nécessité que le travail y soit
réhabilité, que la dignité humaine y soit res-
taurée, que des colons, fils de leurs œuvres,
y fondent des familles qui servent d'exemple et montrent ce que vaut la famille pure
de tout contact avilissant et corrupteur avec
l'élément servile. Voilà une réforme « scientifique » qui veut être étudiée et poursuivie
avec persévérance ; elle réclame les efforts
patriotiques de tous les citoyens dont l'idéal
pour la république est qu'elle soit vraiment
une restauration nationale.

VII

Rio-de-Janeiro, le 16 janvier.

Aujourd'hui, le ministre des affaires étrangères, M. Quintino Bocayuva, s'est embarqué
sur le cuirassé brésilien, *le Riachuelo*, avec
le ministre argentin au Brésil, M. Moreno.
Ces personnages se rendent à Montevideo,

où ils doivent se rencontrer avec le ministre des affaires étrangères de la République Argentine. Les ministres des deux pays signeront le traité dit des Missions qui vient d'être conclu entre les deux gouvernements; M. Quintino Bocayuva continuera ensuite son voyage jusqu'à Buenos-Ayres. S'il faut en croire les télégrammes qui nous parviennent de la Plata, M. Quintino Bocayuva serait à la veille de retrouver, sur le territoire argentin, comme ministre de la république des États-Unis du Brésil, l'accueil triomphal qu'il y recevait comme journaliste révolutionnaire et adversaire acharné du gouvernement monarchique. Il peut sembler étrange tout d'abord que les diplomates argentins et brésiliens choisissent pour signer un traité de limites entre leurs pays respectifs la capitale d'un troisième État; il semblera non moins étrange qu'un gouvernement

de fait, qui s'intitule avec raison « provisoire »,
vieux de deux mois à peine, ait cru devoir
régler aussi vite une question si complexe
et où l'honneur national est engagé. Le territoire des Missions, enserré entre les deux
fleuves Parana et Uruguay, borné au Sud-
Ouest par la province argentine de Corrien-
tes, à l'Ouest par l'État du Paraguay, à l'Est
et au Sud-Est par les provinces brésiliennes
de Santa-Catarina et de Rio-Grande-do-Sul,
a donné lieu depuis de longues années à d'interminables contestations entre le Brésil et
la République Argentine. Le différend, qui
remonte aux temps de l'occupation espagnole
et portugaise, avait failli prendre à plusieurs
reprises une mauvaise tournure. Le gouvernement monarchique, sur ses derniers jours,
avait reconnu qu'il fallait enfin, pour faire
cesser toute cause de méfiance entre les deux
États intéressés, trancher cette pomme de

discorde. Il était convenu qu'une commission, composée de délégués argentins et brésiliens, irait étudier le terrain et tâcherait de
déterminer la frontière, mais que, si elle ne
pouvait aboutir à une entente, la question
serait déférée à un arbitre. La république survient, et l'on ne tarde pas à apprendre ici,
non sans quelque surprise, que M. Quintino
Bocayuva a consenti un accord sur les bases
suivantes : la frontière sera tracée suivant
une ligne droite tirée du confluent des rios
Chapim et Iguassu au confluent des rios Cha-
peco et Uruguay. Or, le Brésil n'a jamais
cessé, en donnant des preuves convaincantes
de ses droits, de réclamer comme frontière
la limite naturelle, située à l'ouest de cette
ligne, et formée par les rios Pepiri-Guassu et
San-Antonio; les officiers brésiliens déclarent que cette frontière naturelle est la seule
défendable. D'après le traité qui vient d'être

négocié, la République Argentine se trouve
acquérir un assez joli morceau de territoire
que toutes les cartes brésiliennes marquent,
et avec juste raison, comme partie intégrante
du Brésil. Enfin, le territoire argentin, qui
déjà s'enfonçait comme un coin entre les provinces brésiliennes du Parana et du Rio-
Grande-do-Sul, va y pénétrer plus encore.
La province de Rio-Grande-do-Sul, dont tout
le monde s'accorde à redouter les tendances
séparatistes, ne se trouvera plus réunie au
corps du Brésil que par l'étroite bande de
Santa-Catarina encore, diminuée; ainsi, d'un
fruit mûr que l'on craindrait de voir tomber
trop tôt et dont on entamerait les pédoncules.

Mais pourquoi tant de hâte à trancher une
question qui traîne depuis des siècles? Pourquoi M. Quintino Bocayuva, qui est né dans
la République Argentine, et y a passé sa jeunesse, se donne-t-il l'apparence de rechercher

7.

avec trop d'empressement les bonnes grâces
des Argentins? Pourquoi les Argentins sont-
ils si pressés de signer un traité qui ne saurait être définitif que lorsqu'il aura été ratifié
par l'Assemblée nationale, c'est-à-dire au
plus tôt dans un an? Pourquoi ce voyage
pompeux, cet échange solennel de signatu-
res? Pourquoi paraître engager l'avenir à
tel point qu'il serait presque impossible au
futur Parlement brésilien de défaire ce que
les ministres des deux pays auront fait à
Montevideo?

On en vient à croire ici que ce voyage mi-
nistériel, cette entrevue à Montevideo, ces
fêtes à Buenos-Ayres, cachent un plan de
profonde et grande politique. Je ne suis pas
dans le secret des dieux, mais je suis convaincu que, si les diplomates du gouvernement provisoire méditent de jeter leur amitié bruyante à la tête des Argentins, ils ne

sont pas éloignés de commettre une faute. Depuis la proclamation de la république au Brésil, les rapports entre les républiques brésilienne et argentine étaient très cordiaux ; il n'était pas nécessaire de chercher davantage. La morgue argentine n'en doit pas imposer aux Brésiliens ; je suis intimement persuadé que le Brésil n'a rien à craindre de la République Argentine avant longtemps. Les Argentins se débattent dans une redoutable crise intérieure, — financière et politique,— qui n'est pas près de finir ; ils sont trop préoccupés de leurs propres affaires pour songer à créer de sérieuses difficultés à la jeune république brésilienne. Et quand ils voudraient prendre une attitude agressive, le Brésil a les moyens de faire bonne figure.

Les journalistes de talent qui tiennent les places les plus en vue dans le gouvernement provisoire me paraissent avoir, sur la poli-

tique extérieure de leur pays, des vues lé-
gèrement utopiques. Dans les articles de leurs
journaux, dans leurs discours, dans les con-
sidérants de leurs décrets, on voit très souvent surgir la « fraternité américaine ». Il
y a quelque chose de vrai dans cette idée
que les hommes d'État républicains, au Brésil, entretiendront des relations plus faciles
et plus cordiales que leurs prédécesseurs avec
les représentants des autres républiques sud-
américaines. Mais il serait assurément très
fâcheux pour le Brésil que ses gouvernants
parussent dédaigner et même ignorer l'Europe. La « fraternité américaine » fera sans
aucun doute couler beaucoup de champa-
gne, d'encre et de discours, mais elle ne
saurait faire que la République Argentine
envoie des immigrants pour coloniser le Brésil et des capitaux pour en exploiter les ri-
chesses naturelles. L'avenir du Brésil dépend

des capitalistes et des émigrants d'Europe.

Il est clair que le coup de théâtre du ministre des affaires étrangères n'a pas conquis les applaudissements du peuple brésilien. M. Quintino Bocayuva s'est aperçu aujourd'hui que les personnes qui l'entouraient au moment de son départ saluaient bien plutôt l'homme privé que le négociateur du traité des Missions. La scène était froide ; le passager du *Riachuelo*, averti par l'attitude de ses amis, est parti sans enthousiasme. L'arrivée à la Plata sera certainement plus brillante que n'a été le départ de Rio.

La presse, très réservée, presque muette depuis le fameux décret sur les conspirateurs, a repris, à propos de cette question des Missions, une certaine liberté d'allures ; elle ose entamer une opposition. Elle sent que l'opinion publique la soutiendra. Quant aux militaires, ils sont fort excités ; ils ne

veulent.pas entendre parler de céder aux
Argentins un pouce du territoire brésilien.

L'attitude du gouvernement provisoire
à l'égard de l'armée est fort intéressante
à observer. On peut dire que, s'il lui doit
beaucoup, tout, — l'existence, — il ne s'est
pas montré ingrat. Il a comblé de faveurs
l'armée et la marine. Ç'a été un déluge de
promotions. Les uniformes ont été modifiés;
ni l'or ni les galons n'ont été épargnés. La
solde de la troupe a été presque doublée;
la paye des officiers a été augmentée de
près de 40 0/0. Le chiffre de l'armée a été
doublé : cela est beaucoup plus grave. Je
ne suis pas bien convaincu que le Brésil
ait besoin d'une armée double de celle qu'il
possède; mais, en supposant même que
l'augmentation fût nécessaire, il était de la
plus élémentaire prudence d'attendre, pour
grossir les rangs de l'armée, que l'effer-

vescence en eût complètement disparu. Il
est permis de se rassurer, en songeant que
le décret pourra rester longtemps lettre
morte : M. Ruy Barbosa, qui parlait dans
son exposé financier d'économies nécessaires,
n'est sans doute pas disposé à fournir les
ressources pour le doublement de l'armée
au lendemain du jour où, en dépit de son
invitation à l'économie, les soldes étaient
elles-mêmes doublées.

Il faut reconnaître que l'armée n'occupait
pas dans la nation, sous la monarchie, la
place à laquelle elle pouvait justement pré-
tendre. C'est même là une des causes principales de la révolution. L'armée prend sa
revanche aujourd'hui. Mais il est du devoir
du chef de l'État de modérer son ardeur et
ses ambitions. La mesure est certainement
dépassée quand on autorise ou qu'on invite
des officiers et des soldats des armées de

terre et de mer à faire des manifestations bruyantes dans les rues ou dans les lieux publics; la chose devient presque dangereuse quand il s'agit de faits comme ceux qui se sont passés hier.

Le 15 janvier, une grande manifestation militaire, — près de 1.000 hommes de troupe y prenaient part, — avait été organisée en l'honneur des trois membres militaires du gouvernement. La foule était grande dans les rues. A un moment donné, il s'est trouvé que toute cette foule militaire et civile avait « acclamé » le maréchal de camp Deodoro, généralissime de l'armée; le lieutenant-colonel Benjamin-Constant, brigadier; le contre-amiral Wan den Kolk, vice-amiral. Le gouvernement, cédant à la volonté populaire, qu'un simple major lui avait intimée, a signé, séance tenante, des décrets conformes.

Si des scènes de ce genre devaient se renouveler, le gouvernement provisoire ébranlerait dans leur opinion beaucoup de ceux qui, au Brésil ou en Europe, lui prêtent l'intention ferme de maintenir l'ordre avant tout, en attendant de passer la main à un gouvernement légal.

Il y a quelques jours déjà, le maréchal Deodoro a choisi parmi ses collaborateurs deux vice-présidents du gouvernement provisoire, qui seraient appelés, dans l'ordre où ils ont été désignés, à le suppléer ou à lui succéder : 1er vice-président, M. Ruy Barbosa, ministre des finances ; 2e vice-président, M. Benjamin-Constant Botnelho de Magalhaes, ministre de la guerre. M. Ruy Barbosa, un ministre civil, est le successeur désigné du maréchal Deodoro. Il était difficile de mettre en avant un simple lieutenant-colonel, — M. Benjamin-Constant n'avait pas

encore été « acclamé » général de brigade,
— pour commander, comme chef d'État, à
toutes les troupes de terre et de mer.

Dès le premier jour, M. Ruy Barbosa a
occupé dans le gouvernement une situation
prépondérante; il l'a prise de lui-même, et
l'opinion publique n'a pas trouvé qu'il eût
tort. Il est assurément plein de talent, d'ardeur au travail et de bonnes intentions. Mais
il souffre de l'isolement moral où la dictature le condamne. Il est livré à ses seules
inspirations, au hasard des conseils qui
s'imposent. Car il est, nous n'en doutons
pas, assailli de nombreux « amis », — tout
homme en sa situation s'en découvre une
foule, — plus entreprenants que recomman-
dables; ceux-là ne ménagent ni leurs avis ni
leurs offres de services. Mais les hommes dont
le ministre des finances devrait le plus
désirer l'appui et les conseils attendent natu-

rellement qu'on les leur demande. M. Ruy Barbosa ne peut manquer de ressentir combien sa position est délicate et sa responsabilité grande. Il a annoncé dans son exposé financier qu'il entendait remanier le système d'émission du papier-monnaie; il se trouve en présence d'engagaments pris par l'État qu'il ne saurait rompre sans avoir à donner aux intéressés d'onéreuses compensations ; et, puisqu'il a détruit un sysième, il faut qu'il en érige un autre. Il s'est aperçu certainement que toucher à la circulation monétaire d'un État, c'était chose plus délicate qu'il n'avait peut-être pensé d'abord. Il a fait annoncer qu'il partait pour Minas. Il s'est enfermé chez lui, et il travaille. De la mesure qu'il va prendre dépendent, personne n'en doute, la prospérité ou la ruine financière du pays. Il est fâcheux que des décisions de cette importance soient à la merci d'un homme, si intel-

ligent soit-il, mais qui n'a pu faire aucun
apprentissage du pouvoir. Si, comme je le
crois, M. Ruy Barbosa a conscience des terribles responsabilités qu'il encourt, il a dû
regretter parfois que le sort lui ait départi
une tâche aussi lourde.

Il est impossible de mesurer les conséquences de la liquidation de décembre. Le
krach tant redouté ne s'est pas produit, par
la raison bien simple que les courtiers n'ont
aucune responsabilité légale, et qu'il n'existe
pas de loi qui oblige l'acheteur d'une valeur
de bourse à prendre livraison. Vingt-cinq
courtiers n'ont pas payé leurs différences,
et ils ne s'en portent pas plus mal pour cela.
Les gens honnêtes qui ont tenu leurs engagements se sont trouvés dupes, puisqu'à côté
d'eux tel acheteur à terme se contentait de
nier son engagement ou de déclarer qu'il ne
pouvait le tenir. La nécessité d'une loi sur

la responsabilité des courtiers s'impose. En attendant, les relations sont devenues très incertaines, et bien des gens ne savent ni où ils en sont ni où ils vont. Il en sera ainsi tant que le marché n'aura pas été débarrassé du papier de spéculation, — actions de Compagnies fantastiques, — dont il avait été inondé en 1889. Malgré tout, le change remonte de lui-même ; il tend à se rapprocher du pair.

Un des reproches les mieux fondés que l'on ait faits au régime déchu était celui de népotisme et de favoritisme. Il ne semble pas que les républicains soient très pressés d'y échapper. Il est fort naturel que certaines modifications soient apportées dans le personnel de fonctions publiques; mais dans l'intérêt même du nouveau gouvernement il ne faut pas que le public voit succéder aux favoris de l'empire toute une kyrielle de petites dynasties républicaines.

Le gouvernement provisoire a, dès les premiers jours, entamé la série des réformes « scientifiques » que la plupart de ses membres n'avaient cessé de réclamer comme publicistes ou comme orateurs. Il ne faudrait pas trop presser les mots; je ne vois guère ce que, par exemple, la science du droit pourrait faire, sinon protester contre le décret de « grande naturalisation ». Deviennent, comme vous savez, citoyens brésiliens tous les étrangers qui se trouvaient sur le territoire de la république le 15 novembre, à moins qu'ils ne déclarent dans les six mois à la Chambre municipale de leur résidence qu'ils entendent conserver leur nationalité d'origine. Pour les individus arrivés après le 15 novembre, le délai est de deux ans.

On dit pour justifier ce décret : il perpétue, par une grande manifestation de frater-

nité universelle, la date du 15 novembre ;
il assimile d'un coup à la patrie brésilienne
une foule d'émigrants, de sujets étrangers
fixés dans le pays et à qui l'occasion seule
avait manqué pour se faire naturaliser ; il
coupe court aux scrupules très légitimes de
bien des sujets étrangers, tout disposés à
accepter la naturalisation qu'on leur offre,
mais à qui il aurait répugné de renier leur
nationalité d'origine. Il leur suffit à tous de
laisser faire au temps pour devenir citoyens
brésiliens. — Cela est un côté de la question. Mais le nouveau droit brésilien ne
tardera pas à se heurter aux lois de tous les
pays du monde qui partent de ce principe
que, pour perdre sa nationalité ou en acquérir une nouvelle, tout homme doit faire un
acte de volonté. Pourquoi m'obliger, moi,
étranger, à me déranger pour conserver
une nationalité dont il vous convient de me

dépouiller, puisqu'aussi bien vous ne supposez pas que je puisse devenir Brésilien et rester Français, Anglais ou Italien? Tel sujet étranger est perdu au fond des Amazones; il ignore le décret rendu; ou bien il n'a ni le temps ni les moyens d'entreprendre un voyage de plusieurs jours pour faire sa déclaration à la municipalité voisine; vous, gouvernement brésilien, vous serez en contestation avec son pays d'origine, s'il refuse de siéger au jury ou de faire son service militaire au Brésil dans une ou plusieurs années.

Beaucoup d'étrangers s'abstiendront de déclarer qu'ils n'acceptent pas la nationalité brésilienne; il ne leur convient pas de blesser les sentiments de leurs amis brésiliens; ils pensent d'ailleurs que leur silence ne les engage à rien; il ne leur déplaît pas d'être traités au Brésil en sujets brésiliens, mais ils comptent bien rester en même temps sujets de leur pays d'origine. S'ils vont, à ce titre, prendre part à une guerre européenne, par exemple, le gouvernement brésilien protestera-t-il, comme il serait de sa dignité de le faire? Réclamera-t-il son ressortissant?

Je reconnais volontiers qu'il y avait quelque chose à faire, que le Brésil devait faciliter et hâter l'assimilation des éléments étrangers fixés sur son sol. Mais il aurait pu et dû éviter d'ouvrir le sac aux procès internationaux.

La seconde réforme « scientifique » est la séparation de l'Église et de l'État; le gouvernement provisoire a proclamé de ce fait la liberté des cultes. L'État continuera de servir aux prêtres catholiques actuellement en exercice leur traitement, leur vie durant; il subventionnera pendant un an encore les

8

séminaires. L'Église catholique, à qui la
Constitution impériale reconnaissait des privilèges exorbitants, se trouve placée sur le
pied d'égalité avec toutes les autres. Toutes
les Églises sont désormais libres d'exercer
leur culte ; à toutes la personnalité civile sera
accordée, dans la limite de la loi sur les
biens de mainmorte. Sous le régime de la
Constitution impériale, les Églises non catholiques étaient simplement « tolérées » ;
elles ne pouvaient exercer leur culte que
« dans des édifices n'affectant pas la forme
extérieure des temples » ; jusqu'à la réforme
électorale du 9 janvier 1881, les dissidents
n'étaient pas éligibles ; électeurs, ils ne
jouissaient que d'un droit illusoire, puisqu'ils ne pouvaient l'exercer qu'à la condition de jurer sur l'Évangile de maintenir
la religion catholique. Jusqu'au 1er avril 1888,
les registres de l'état-civil sont restés aux

mains du clergé, et, de l'aveu de tous, ce clergé est ignorant et déconsidéré. A tous ceux qui ne connaissent du Brésil que l'empereur, et de l'empereur que le touriste en Europe, curieux de toutes les nouveautés scientifiques, il semble étrange que le même homme ait toujours opposé la force d'inertie à ceux qui réclamaient, pour l'honneur du Brésil, la mise en réforme de ces défroques d'un autre âge. L'occasion se présentera prochainement d'étudier le rôle joué par Dom Pedro II; il sera aisé de prouver alors que l'on se faisait en Europe de ses principes politiques et de ses procédés de gouvernement l'idée la plus inexacte.

VIII

LE PLAN FINANCIER DE M. RUY BARBOSA

Analyse du décret du 17 janvier 1890. — Banque à tout
faire — Le Brésil mis en actions. — Un lanceur d'affaires. — Avortement ou crise.

Rio-de Janeiro, le 19 janvier.

Le grand œuvre a vu le jour : hier, 18
janvier, le *Diario official* publiait une dis-
sertation de M. Ruy Barbosa intitulée :
Émission et Crédit, et suivie d'un long décret qui bouleverse tout le système financier
et économique du Brésil. Il est impossible de
ne pas rendre hommage à la puissance de
travail et au fécond génie du ministre des

8.

finances de la République des États-Unis du
Brésil : il a résolu d'un coup, en trois jours,
tous les problèmes sur lesquels ont pâli,
pâlissent et pâliront tous les hommes d'État
du vieux monde.

Jugez plutôt :

Le décret du 17 janvier 1890 a pour objet
de déterminer les conditions auxquelles les
banques d'émission pourront s'établir sur
le territoire de la république. Le pays est
divisé par le décret en trois zones qui con-
stitueront respectivement le champ d'opération de trois banques d'émission à créer :
1° la zone du Nord, qui comprend tout le
pays, de Bahia à l'Amazone; le capital de
la banque à former dans cette région,
avec siège social à Bahia, sera de 150.000
contos; 2° la zone du Centre, qui comprend
les États de Rio-de-Janeiro, San Paulo, Mi-
nas-Geraës, Espirito-Santo, Parana et Santa-

Catarina ; le siège de la banque sera Rio-de-Janeiro, et le fonds social est fixé à 200.000 contos ; 3° la zone du Sud, qui comprend les États de Rio-Grande-do-Sul, Matto-Grosso et Goyaz; la banque aura son siège à Porto-Alegre (Rio-Grande) et le fonds social sera de 100.000 contos. La totalité du capital des trois banques s'élève donc à 450.000 contos, soit, au pair de 27 deniers, à 1.285 millions de francs.

Le capital sera réalisé par des versements qui ne devront pas être inférieurs à 10 0/0 ; il sera converti en rentes sur l'État, qui deviendront inaliénables et serviront de garantie à l'émission des billets de banque.

Les charges imposées aux banques en échange du droit d'émission (elles ne pourront exercer ce droit que pour une somme égale aux rentes acquises, sans toutefois excéder le maximun de 450.000 contos) sont

les suivantes : les banques se soumettront à
une réduction des intérêts payés sur les titres
de rentes sur l'État, suivant une proportion
ainsi établie : dans la première année, 2 0/0,
et, dans les années suivantes, 1/2 0/0 en plus,
de façon que, à la septième année, l'État ne
servira plus de rentes sur les titres qui constituent le capital des trois banques ; — de
plus, il sera prélevé sur les bénéfices bruts
des banques 10 0/0 par an pour former un
fonds d'amortissement du capital représenté
par les rentes ; ce fonds sera augmenté des
intérêts à 6 0/0 par an (intérêts provenant
des bénéfices des banques) accumulés tous
les six mois, de sorte qu'en cinquante ans,
durée fixée aux banques, les rentes se trou-
veront amorties.

Le ministre compte faire ainsi, dans les six
premières années du fonctionnement des
banques, une économie d'intérêts qu'il éva-

lue à 58.500 contos, et il calcule que, dans les quarante-quatre années qui suivront, l'économie d'intérêts s'élèvera à 660.000 contos. Puis, ajoutant à ces économies d'intérêts l'amortissement du capital versé qu'il évalue à 300,000 contos, le ministre arrive à prévoir que, dans le délai de cinquante ans, la dette sera éteinte pour une somme de 1.018.000 contos.

Outre le droit d'émission, d'autres avantages sont concédés aux banques : 1° leurs billets jouiront de tous les privilèges dont jouit le papier-monnaie de l'État ; — 2° elles auront le droit de faire toute espèce d'opérations de banque et de commerce, et même industrielles et agricoles ; — 3° elles auront la préférence pour les concessions que l'État aura à faire pour la construction des chemins de fer et tous autres travaux d'intérêt public. — Ainsi ces banques seront des banques de

dépôt et d'escompte, des banques d'émission,
de crédit foncier et de crédit mobilier, des
Sociétés de travaux et entreprises, des Sociétés
de terre (*landcompanies*) et de colonisation,
des entreprises de drainage, etc. Il faut ajouter que le gouvernement accordera à son gré
des concessions gratuites de terrain à ces
banques, à la condition qu'elles y établiront
des colonies; que les entreprises de colonisation ainsi formées seront exemptes de tous
impôts; que les Sociétés industrielles créées
par ces banques jouiront également de la
franchise des droits de douane; que le matériel destiné à l'entretien ou à la construction des chemins de fer concédés à ces banques sera exempt de droits d'entrée, etc.

Les banques s'engageront à faire les prêts
à l'agriculture au taux de 6 0/0 par an au plus
avec une commission de 1/2 0/0. Pour faciliter ces prêts, le gouvernement laisse à la

disposition des banques les intérêts épargnés sur la rente de l'État, d'après le système exposé plus haut. Après expiration des six années, pendant lesquelles ces intérêts seront progressivement réduits à rien, l'État concourra aux prêts à l'agriculture pour une somme égale à la moitié des intérêts de la rente qui représentera le fonds social des banques ; la somme fournie ainsi par l'État sera employée à la constitution d'un fonds de garantie pour le service des obligations foncières.

Les banques devront encore payer, au porteur et à vue, en espèces métalliques, non seulement les billets émis par elles, et cela dès que le change aura atteint le pair de 27 deniers et s'y sera maintenu pendant un an, mais encore le papier-monnaie de l'État qui se trouvera en circulation, et cela sans aucune indemnité.

Sans avoir la hardiesse de juger en trois
heures, ni même en trois jours, un système
aussi colossal, et tout en réservant les droits
de l'expérience qui se chargera de faire la
preuve des mérites, sans doute extraordinaires, de cet œuvre gigantesque, il me sera
peut être permis de hasarder quelques obser-
vations.

A première vue le plan Ruy Barbosa,
dépouillé de tous ses atours professionnels,
apparaît dans son imposante nudité : ce n'est
ni plus ni moins que le Brésil tout entier
mis en actions. —En France, où l'on a lancé
beaucoup d'idées, bonnes ou mauvaises, qui,
depuis, ont fait un long chemin dans le monde, les gens de quelque mémoire ne manqueront pas de dire : mais cela donne la sensation de quelque chose de « déjà vu » ; sans
remonter plus haut que 1717, n'y avait-il
pas alors un certain M. Law qui, lui, préten-

dait mettre les deux rives du Mississipi en actions? Est-ce que ce grand homme n'a pas mal tourné?...

Il est douteux pourtant que la rua do Ouvidor devienne la rue Quincampoix de Rio ; les gens pratiques, ceux dont on veut l'argent pour le transformer en beau papier tout neuf, feront remarquer qu'en somme ces banques ne peuvent s'attendre à faire des profits que par l'exploitation des diverses concessions industrielles et agricoles qu'elles obtiendront de l'État; — puisqu'aussi bien elles vont cesser au bout de six ans de toucher des intérêts sur les fonds publics constituant leur capital social, et qu'en outre elles devront gagner elles-mêmes de quoi amortir ce capital dans un délai de cinquante ans. Or, le *Diario de Noticias*, l'organe du ministre des finances, dans un article de fond naturellement très favorable au décret du 17 janvier, calcule

9

que les actionnaires des trois nouvelles banques toucheront des dividendes annuels de
5 0/0; et comme la rente de l'État donne ce
revenu, sans que le porteur de rentes soit
exposé aux risques à courir par l'actionnaire
de ces banques appelées par leurs statuts
mêmes à se lancer dans des entreprises
hasardeuses, on se demande quel sera le
rentier, décidé à se contenter d'un revenu
de 5 0/0, qui donnera la préférence aux
actions des trois banques sur la rente de
l'État.

Le décret du 17 janvier rompt, implicite-
ment, les contrats de prêts à l'agriculture et
le contrat pour le rachat du papier-monnaie,
— passés entre l'État et diverses banques
sous la monarchie. Plusieurs banques se sont
fondées sous le ministère Ouro-Preto en vue
de faire des prêts à l'agriculture; l'État s'en-
gageait à fournir la moitié des capitaux dis-

tribués en prêts aux agriculteurs. Dans le
décret il n'est pas soufflé mot de ces banques
ni des engagements pris envers elles ; cependant, M. Ruy Barbosa attribue à ses trois
grandes banques, parmi tant d'autres rôles,
celui que les banques de prêts à l'agriculture
sont déjà chargées de jouer.

Le bruit court que quelques-unes des banques agricoles fusionneront avec les établissements de banque dirigés par M. Mayrink,
lequel, au lendemain du décret, a été chargé
par le gouvernement de constituer la grande
banque d'émission de la zone centrale. Ce
M. Mayrink, Brésilien d'origine hollandaise,
est un financier bien connu sur la place de
Rio et dans le Brésil tout entier ; il ne pèche
pas par timidité ; ses coups de hasard sont
célèbres ; quelques-uns, et de retentissans,
ont été heureux. Il ne se plaît que dans les
grandissimes affaires, très risquées ; les pro-

jets modestes, sans émotions, lui répugnent.
Il se chargerait au besoin de mettre toute
l'Amérique en actions. Je suis persuadé que
M. Mayrink serait flatté si on lui disait que
M. Philippart se serait senti auprès de lui
fort petit garçon (1).

Mais alors il est permis de trouver que
M. Ruy Barbosa avait assez mauvaise grâce
à flétrir, dans son exposé du 31 décembre,
les procédés financiers de M. de Ouro-Preto,
à décrire sous les couleurs les plus défavo-
rables la fièvre de spéculation qui s'était
emparée de la Bourse vers la fin de l'empire :
c'est bel et bien la spéculation qu'il va dé-
chaîner à son tour. Il est même impossible

(1) Depuis que cette lettre a été écrite, les journaux de
Rio ont publié la liste des personnes et des établissements
de crédit qui ont souscrit à l'émission des titres de la
Banque des États-Unis du Brésil : sur 500.000 actions plus
de 400.000 ont été inscrites au nom de Mayrink; des amis
de Mayrink, des parents de Mayrink, des Banques, plus
ou moins prospères, dont Mayrink était le président,
enfin 6.343 actions au nom du concierge d'une des banques
de Mayrink !

de se rassurer en pensant qu'une affaire aussi hasardeuse effrayera les capitaux et trouvera difficilement des actionnaires, puisqu'il suffira d'un versement de 10 0/0 pour aller de l'avant.

L'esprit reste confondu à la pensée qu'un ministre, qui se dit « républicain », ait osé, sans seulement réunir une commission d'hommes compétents, lui, homme d'État de deux mois, bouleverser d'un trait de plume tout le système économique du pays. Sans doute, il viendra un temps où le Brésil aura de nouveau un Parlement et un gouvernement légal et responsable ; et, comme les Brésiliens sont en grande majorité des gens pratiques, il y des chances pour que le pompeux édifice du Law brésilien soit renversé alors, si d'ici là il ne s'est pas écroulé de lui-même. Mais le Brésil se serait fort bien passé d'une nouvelle crise et d'une nouvelle secousse.

IX

Le réveil de l'esprit frondeur. — La presse sort de la réserve. — Les protestations contre le décret sur les banques. — Les reproches adressés au gouvernement provisoire. — Les fautes du pouvoir et la force d'inertie du peuple brésilien. — La mésintelligence dans les conseils du gouvernement provisoire. — M. Ruy Barbosa. — M. Benjamin-Constant. — M. Quintino Bocayuva. — Le maréchal Deodoro. — Excellentes intentions du maréchal et de son ministre de la guerre.

Rio-de-Janeiro, fin janvier.

Les décrets succédaient aux décrets sans que le bon public consentît à sortir de son indifférence habituelle. La séparation de l'Église et de l'État, le mariage civil avaient passé au-dessus des têtes sans même les faire branler ; ce sont là des « conquêtes mora-

les » dont il suffit sans doute de se réjouir
intérieurement. Mais le décret du 17 janvier
sur les banques a eu une tout autre fortune;
il a produit l'effet d'un violent coup de
pied dans une fourmilière endormie : chacun
de courir aussitôt à ses intérêts et d'y veil-
ler, inquiet, agité. En un clin d'œil, tout le
monde des affaires était sur pied : les uns
pour tenter de profiter de la mesure prise,
les autres, — les plus nombreux, — pour
protester là contre. Rio a été pendant quelques jours bien curieux à observer.

A la suite du décret instituant la loi martiale, et qui menaçait des peines les plus sévères les moindres velléités d'opposition par
la plume, la parole ou les actes aux mesures
prises par le gouvernement provisoire, après
que la *Tribuna liberal*, le seul journal franchement hostile, eût disparu, les journalistes
jugèrent prudent de se tenir cois, et les

simples citoyens, très bavards d'ordinaire et
peu soucieux de la portée de leurs paroles,
devinrent réservés, mystérieux même. Mais
cela ne pouvait durer des mois ; il faut que
dans les rues, sur les places publiques, dans
les innombrables tramways qui sillonnent la
ville en tous sens, le Fluminense ait son
franc-parler ; il faut qu'il puisse jaser tout à
son aise : l'esprit frondeur qui lui est naturel
ne saurait dormir ou se contenir longtemps.
Quant aux journalistes, réduits à enregistrer
des décrets et des petites nouvelles dans leurs
feuilles, il devait leur tarder de reprendre
leur bonne plume qui naguère encore cou-
rait bride abattue sur le papier. M. Ruy
Barbosa a soulagé tous ces gens-là. Déjà, le
15 et le 16 janvier, à l'occasion du départ du
ministre des affaires étrangères, un peu du
dépit soulevé par sa campagne diplomatique
des Missions avait commencé de percer dans

9.

la presse. Après le décret sur les banques,
un courageux et brillant journaliste, M. Ferreira de Araujo, sonna l'attaque dans la *Gazeta de Noticias*, et toutes les langues se
délièrent, et toutes les plumes se remirent à
courir, et non pas toutes, je vous prie de
croire, au gré de M. Ruy Barbosa. On était
persuadé, dans le public, que la liberté de la
presse était suspendue ; or, il s'est trouvé
que personne ne rappelait à l'ordre ceux qui
risquaient le nez, la tête, puis le corps hors
de leur tente, si bien que, sans entente préalable, mais avec un ensemble merveilleux,
tous étaient en quelques jours sous les arme .

La Banque nationale a rédigé une protes-
tation en règle contre le décret sur les banques d'émission ; le 27, il s'est tenu à Rio
une grande réunion d'ingénieurs, industriels,
négociants afin d'examiner la situation qui est

faite au commerce et à l'industrie par les
privilèges extraordinaires concédés aux nouvelles banques; le 24, les républicains de
Rio-Grande-do-Sul présents à Rio-de-Janeiro
avaient également protesté contre le décret.
Le plus grave reproche adressé à M. Ruy
Barbosa par le monde des affaires se résume
ainsi : A nous, ingénieurs, industriels, vous
nous rendez impossible la concurrence avec
ces banques, puisqu'elles pourront accaparer
toutes les concessions de travaux publics et
que nous en serons réduits à nous croiser les
bras ou à nous mettre à leur service ; — et
nous, négociants, comment lutter avec des
banques qui vont tenir tous les nouveaux dé-
bouchés à ouvrir, qui pourront introduire
en franchise tout ce qui sera nécessaire au
fonctionnement des innombrables industries
dont elles ont désormais le privilège exclu-
sif? — Enfin, les politiques aperçoivent un

autre danger : cette division du pays en trois
grandes zones ne leur dit rien qui vaille ; à
quoi bon créer de toutes pièces des groupe-
ments d'intérêts puissants qui pourraient, un
jour, devenir un obstacle au maintien de l'u-
nité brésilienne? Et puis, croyez-vous que
Pernambouc acceptera l'hégémonie de Bahia;
que Rio-Grande consentira à être séparé de
ses voisins actifs et prospères pour être lié
au sort des provinces arriérées de Matto-
Grosso et de Goyaz? Enfin, tous s'accordent
à poser cette question : le gouvernement
provisoire ne sort-il pas absolument de son
rôle en prenant une semblable mesure, qui
engage gravement l'avenir du pays ?

Les hommes du 15 novembre se trouvent,
je le reconnais, dans une situation très em-
barrassante, et il ne me suffira pas pour
toute conclusion d'ajouter qu'après tout c'est
eux-mêmes qui s'y sont mis. Au lendemain

d'un coup de force ou d'adresse, — ce fut ici
bien plutôt un coup d'adresse, — tout gouvernement révolutionnaire, naturellement
composé, en majorité, de théoriciens endurcis
dans l'opposition, d'hommes au cerveau
plein d'*idées* ou d'utopies, pressés de justifier
leur avènement par des réformes bruyantes
et brillantes, a le choix entre deux partis :
il peut se contenter de vivre au jour le jour,
en maintenant l'ordre, en prenant des mesures conservatoires, jusqu'au moment où
le nouveau régime est légalement sanctionné,
où la nation entre d'elle-même et de plain-
pied dans une nouvelle période de son histoire ; — il peut aussi user des pouvoirs illi-
mités qu'il tient des seules circonstances
pour tout entreprendre, tout rebâtir ou tout
remanier en quelques jours, en quelques semaines. Il y a dans l'histoire peu d'exemples
que, sortant d'une révolution victorieuse, un

gouvernement provisoire ait adopté le premier des deux partis : il est autrement ten-
tant de réaliser des rêves longtemps caressés,
de tracer un sillage lumineux constellé de
décrets. Nos républicains de 1848 n'ont pas
été ménagers de leur prose, que je sache; ils
en ont inondé le *Bulletin des lois* ; l'Assemblée nationale s'est chargée ensuite d'endi-
guer et de canaliser; mais le courant, depuis
lors, n'a cessé de s'accélérer jusqu'à ce que
« la démocratie coulât à pleins bords ». Ici,
les conséquences des mesures hâtives prises
par le gouvernement provisoire seront, je
crois, moins durables, moins lointaines.
L'effet présent est assurément le plus digne
d'être noté.

Je vous disais, dès mon arrivée : tout
le monde s'incline devant les faits accomplis; le parti en est pris; on ne demande
qu'à vivre en paix et à continuer à vaquer

chacun pour son compte à ses intérêts; on
demande simplement au gouvernement de
maintenir l'ordre. C'est le monde des affaires, le plus nombreux en somme et le plus
puissant, qui raisonnait de la sorte. Il a vu
le gouvernement républicain à l'œuvre; il
l'a suivi avec curiosité, généralement sans
malveillance. Or, il n'est pas loin de
trouver aujourd'hui, — c'est l'éternelle histoire, — que « ce n'était vraiment pas la
peine de changer de gouvernement ». Il reproche aux républicains de perpétuer les
procédés qui ont discrédité la monarchie sur
son déclin; il leur reproche des mesures in-
considérées, des nominations aux emplois
publics trop empreintes de favoritisme; il
leur reproche de ne pas se consacrer avant
tout à rétablir le bon ordre et la discipline
dans les administrations publiques, de ne
pas mettre un frein au coulage, de se livrer

à des dépenses inutilement fastueuses
(voyage du ministre des affaires étrangères
à bord du *Riachuelo*, etc.); enfin, d'aller
trop vite à légiférer et trop lentement à ré-
former les procédés du gouvernement. On
vit de bonne administration et non de belle
prose, fût-elle même insérée au *Diario official*.

Le gouvernement provisoire a commis
des fautes, c'est l'évidence même; il a subi
la loi commune; il serait injuste d'y trop insister. Il en est deux cependant qu'il pouvait
et devait éviter : rien ne l'obligeait à
régler précipitamment la question très délicate des Missions, ni à bouleverser le système économique et financier du pays. Peut-
être même aurait-il pu avancer de quelques
mois la date des élections. Si nombreuses
que soient les critiques que j'ai dû adresser
au nouveau gouvernement depuis mon arri-

vée ici, je tiens à fixer dès maintenant un point capital : d'une étude consciencieuse et impartiale des hommes et des choses, il ressort pour moi la conviction que la république, légalement constituée et sagement aménagée, — il est permis d'espérer qu'il en sera ainsi, — *sera* un réel progrès sur la monarchie. Cela, je me propose de vous le prouver prochainement en faisant le bilan des fautes de l'empire, en analysant les causes profondes de sa chute.

Une autre observation, rassurante aussi, doit être faite : les fautes, en ce pays, ne sont le plus souvent que des demi-fautes ; rien ne saurait prévaloir contre les intérêts des gens d'affaires, négociants, industriels, planteurs, ni contre la force d'inertie du peuple brésilien. Un ministre prend une mesure qui lèse les intérêts de la majorité, il méconnaît les avertissements des gens compétents, il refuse de tenir compte des mouvements de l'opinion publique : le vide ne tarde pas à se faire autour de lui ; on le met en quarantaine ; ses amis mêmes, sentant le vent tourner, l'abandonnent ; ses administrés opposent aux articles du décret ou de la loi une résistance passive ; on organise contre lui la conspiration du silence : il n'a plus qu'à se soumettre ou à se démettre. Et comme, en fin de compte, dans un pays neuf, tout se ramène à des intérêts, le bon sens ou, si vous voulez, l'intérêt bien entendu finit par prévaloir. Je ne serais pas étonné que M. Ruy Barbosa, si absolu qu'il soit dans ses idées et si fermement attaché à son œuvre, dût se rendre aux raisons très fortes qui lui sont exposées de toutes parts et modifiât profondément le décret sur les banques. Et s'il maintient quand même les dispositions les moins défendables, celles qui font de ces banques d'émission des banques à tout faire et leur confèrent le monopole de toutes les grandes entreprises, il y a fort à parier qu'elles devront disparaître un jour devant la coalition des intérêts contraires (1).

Les ministres n'ont à craindre qu'eux-mêmes, leur entraînement et leur intempérance ; ils n'éprouveront de résistance et ne rencontreront de mauvais vouloir que s'ils commettent des erreurs éclatantes. Ils ont la partie belle, mais encore faut-il qu'ils s'entendent pour la jouer. Or, il devient visible que le maréchal Deodoro a toutes les peines du monde à maintenir la bonne intelligence dans son ministère ; il semble même

(1) Dès le 31 janvier, le ministre des finances a réduit de 450.000 contos à 200.000 le capital total. Son rêve n'avait pas duré quinze jours. Il a dû, peu de temps après, retirer aux banques instituées par le décret du 17 janvier une bonne partie des privilèges exorbitants qui leur avaient été d'abord accordés.

qu'il n'y parvienne plus. Depuis quelques jours déjà, les ministres ne se réunissaient plus tous ensemble chez le maréchal Deodoro ; les uns délibéraient le matin, tandis que le ministre des finances venait conférer le soir seulement avec le chef de l'État. Dès le début, M. Ruy Barbosa et le ministre de l'agriculture, M. Demetrio Ribeiro, n'ont pu s'entendre. M. Ruy Barbosa a glissé dans son fameux rapport du 31 décembre une phrase menaçante, à l'adresse de son collègue de l'agriculture ; il n'a cessé depuis lors d'user de son grand crédit auprès du maréchal Deodoro pour faire remplacer M. Demetrio Ribeiro. Il y parviendra sans doute (1). Petit, nerveux, irritable et autoritaire, M. Ruy Barbosa est un fils de

(1) M. Demetrio Ribeiro s'est retiré le 29 janvier, après avoir obtenu que M. Ruy Barbosa ramenât son plan financier à des proportions plus sensées et rognât de plus de moitié le capital des trois banques.

Bahia : né sous le soleil vertical de l'Équa-
teur, ses passions sont d'une vivacité extraor-
dinaire, son style a une ampleur tarascon-
naise. A voir cette tête énorme sur ce corps
grêle, ces yeux ardents, ces gestes exaltés,
il semble que cet homme soit constamment
en mal d'idée, et son cerveau sur le point
d'éclater. Ses collègues n'ont pas tardé à
s'apercevoir qu'il n'avait qu'un but : les ab-
sorber ou les annihiler. Correspondant directement avec l'Europe, et dans quel style
arrogant, comme s'il était, en outre, ministre des affaires étrangères ; légiférant sur
les Sociétés anonymes aux lieu et place du
ministre de la justice ; accaparant le porte-
feuille de l'agriculture par le décret du 17
janvier qui accorde d'un coup aux nouvelles
banques toutes les concessions dont dispose
ce ministère, il a mis le comble au mécontentement de ses collègues en affichant qu'il

se passait d'eux. Le décret du 17 janvier
n'a pas été, paraît-il, discuté en conseil des
ministres : le ministre des finances n'a pas
plus consulté ses collègues que les hommes
compétents du monde financier.

Sur une grave question, le régime de la
presse, les avis diffèrent dans le conseil :
la loi martiale a-t-elle pour conséquence de
museler la presse ? M. Ruy Barbosa dit :
oui ; M. Benjamin-Constant et d'autres disent : non. Le maréchal Deodoro qui, par
un singulier contraste avec celui qu'il a
remplacé à la tête de l'État, n'a aucune prétention, et pour cause, à la science universelle, fait à ses ministres cette observation
fort sensée : « Je ne comprends goutte à
toutes vos questions de politique et de finances;
il faut que je m'instruise un peu en lisant les
journaux. Laissez-les dire. » Et de ce fait, la
presse a repris une certaine liberté d'allures.

Cette figure de Deodoro est vraiment curieuse ; j'y reviendrai après vous avoir dit quelques mots des deux hommes qui, avec M. Ruy Barbosa, marquent le plus dans le gouvernement provisoire. M. Benjamin-Constant Botelho de Magalhaens, ministre de la guerre, est un officier de génie sans fortune ; c'est plutôt un civil qu'un militaire. Savant mathématicien, après une courte apparition à la guerre du Paraguay, il a passé la plus grande partie de son existence à enseigner et à apprendre lui-même ; il a professé longtemps à l'École militaire. Sa vie privée est des plus honorables ; ayant à sa charge une nombreuse famille, sa mère et ses sœurs, il a lutté courageusement pour les soutenir. Il s'éprit de bonne heure de la doctrine de Comte, dont il fut un des vulgarisateurs au Brésil ; mais ses adeptes l'ont dépassé : leur esprit, mal préparé, s'est mal assimilé cette philosophie, et ils en ont fait, en la déformant, une matière à déclamations ridicules et à phrases creuses qui ne séduisent qu'eux-mêmes. M. Benjamin-Constant est un esprit honnête, élevé et droit ; il s'est jeté dans le mouvement révolutionnaire avec la conviction sincère que la république ouvrirait à son pays une ère de progrès.

M. Quintino Bocayuva a fait durant les dernières années de l'empire d'ardentes campagnes républicaines dans la presse. C'était, paraît-il, un polémiste brillant ; depuis la révolution, depuis qu'il est ministre, il s'abstient d'écrire naturellement, et je n'ai pu contrôler le jugement de ses admirateurs. L'homme, rencontre tout à fait rare en ce pays, est froid, hautain, solennel ; il vaticine du haut de son faux-col, les mains toujours soigneusement gantées, la redingote boutonnée ; il a l'allure d'un doctrinaire et

les goûts d'un aristocrate. A l'heure présente,
il voyage en grande pompe sur le plus gros
cuirassé de la flotte brésilienne ; il se fait
décerner les honneurs du triomphe à Mon-
tevidéo et à Buenos-Ayres ; rien n'est trop
beau pour lui, aucun honneur n'est exagéré,
aucune dépense n'est folle, quand il s'agit du
« prince des journalistes brésiliens ». Il est
l'apôtre de la « fraternité américaine ».

Le maréchal Deodoro est à tous égards un
homme simple ; d'écorce un peu rude, d'é-
ducation rudimentaire, c'est à peine s'il parle
correctement le portugais ; l'espagnol lui
est plus familier. Il appartient à ce corps des
officiers brésiliens qui fut toujours négligé,
trop souvent méprisé sous la monarchie et
qui, un beau jour, a pris sa revanche
assez brutalement. A défaut d'une culture
soignée, le maréchal paraît du moins avoir du
bon sens. On m'a affirmé qu'il avait été fort

10

mécontent de la tournure que les choses
avaient prise le 15, lorsqu'il fut, dans une
scène ridicule et dangereuse, « acclamé généralissime par l'armée et le peuple, » et
qu'il serait décidé à s'opposer au renouvel-
lement de manifestations aussi compromet-
tantes. Son idée dominante serait de maintenir l'ordre jusqu'au jour où il pourra trans-
mettre le pouvoir à son successeur légalement désigné ; il ne veut pas poser sa can-
didature à la Présidence de la république :
il lui suffit de l'avoir faite,—presque malgré
lui. Sa santé, fort ébranlée, lui rend très
lourde la charge du pouvoir ; il aspire au
repos. On m'affirme aussi qu'il est d'accord
avec son ministre de la guerre, M. Benjamin-
Constant, pour redouter et prévenir le développement du militarisme ; ils seraient
décidés tous deux à employer tous leurs
efforts à rétablir la discipline dans l'armée

et à mettre des bornes aux prétentions des
officiers. Il serait même question de débar-
rasser la capitale d'un certain nombre de
bataillons, de rendre à leurs garnisons de
province ceux qui sont en surplus à Rio.
Enfin, la constituante, qui se réunirait à
Petropolis, loin des bruits et des mouvements
de la capitale, devrait, sous leur œil vigilant,
délibérer dans sa pleine indépendance.

Voilà d'excellentes intentions, et qui sont
tout à fait de nature à rassurer les gens pai-
sibles ; mais ils ne manqueront pas d'ajouter : « Maintenant, donnez-nous des preuves ! » Pour mon compte, je n'hésite pas à
dire que, si le maréchal Deodoro et son ministre de la guerre mettent à exécution les
intentions qu'on leur prête, ils auront bien
mérité de la patrie brésilienne.

X

LA CHUTE D'UN RÉGIME

Rio-de-Janeiro, fin janvier.

La monarchie n'a pas été renversée ; à vrai dire, elle s'est écroulée. Rien n'égala sans doute la surprise de l'Europe à la nouvelle de la révolution brésilienne que celle des révolutionnaires eux-mêmes à la vue de leur facile triomphe.

La poignée de républicains et d'officiers mécontents, qui conspirèrent et risquèrent le coup de main du 15 novembre, avaient dès longtemps travaillé à détruire tout respect pour la dynastie dans le peuple, toute disci-

10.

pline dans l'armée, à dissoudre tout pouvoir
social ; ils ont pu avoir l'illusion d'avoir réussi
au delà de leurs espérances. La vérité est
que leurs adversaires naturels, l'empereur
lui-même et les premiers serviteurs de la monarchie, avaient été leurs complices incon-
scients. L'édifice impérial, mal aménagé (1),
construit dans un autre âge pour d'autres
destinées, n'était point fait pour suffire aux
nécessités du nôtre ; incapable de résister à la
pression des idées, des choses et des hommes
nouveaux, il devenait caduc, il se lézardait
de toutes parts : chacun de ceux qu'il abritait,
loin de penser à réparer l'injure des ans et
des hommes, enlevait pour son compte quelques pierres et poussait à la ruine. Quand
un ministre énergique voulut restaurer cette
masse croulante, il acheva de l'ébranler en

(1) La Constitution, à ne s'en tenir qu'à la lettre, était
très libérale.

y portant la pioche ; les républicains survinrent, et au premier coup l'empire s'effon-
dra. Le peuple, énervé par de longues
années d'un gouvernement paternel et anarchique, avait assisté, passif, presque sans
comprendre, à cette scène rapide. L'Europe,
surprise dans son ignorance, se fit tout d'a-
bord une idée très fausse des événements et
de leurs causes ; elle n'avait pas entendu les
avertissements des hommes, rares d'ailleurs,
qui avaient vu venir le dénouement fatal.
Un Brésilien, appartenant à l'une des grandes familles de ce pays, M. Eduardo Prado,
écrivait, en septembre 1889, dans un article
vraiment prophétique (*Revista de Portugal*,
outubro 1889) : « L'indiscipline générale,
l'éducation artificielle, l'organisation encore
chaotique de la société, l'insubordination de
l'armée : voilà les raisons que le parti républicain a d'espérer. » Telles sont, en effet,

les principales des causes profondes de la
révolution ; j'y en ajouterai quelques autres :
d'abord le fait que l'empereur avait, en un
règne d'un demi-siècle, concentré tous les
pouvoirs en ses mains et que, ces mains venant à faiblir, le cerveau qui les dirigeait
venant à s'obscurcir, l'État souffrait une
deminutio capitis ; le fait aussi que, par une
sorte d'accord tacite, il semblait convenu
qu'il n'y aurait pas de « troisième règne »,
sans qu'on eût d'ailleurs songé aux moyens
d'opérer l'évolution ; — enfin les causes oc-
casionnelles, les fautes de la fin, échappées
aux ministres dans les derniers mois de la
monarchie, comme des gestes fous à un
homme atteint de vertige, et qui se sent
tomber.

Le peuple brésilien, prompt à l'émotion, à
la joie comme à la douleur, versatile et sincère, a pu regretter sincèrement que son

vieil empereur, dont il vénérait la grande
figure, auquel il était lié par une longue habitude, ait été contraint, lui si tendrement
attaché à son pays, lui si Brésilien de cœur,
à passer ses derniers jours en exil ; ce même
peuple a pu, le lendemain, avec non moins de
sincérité, acclamer la république et ses chefs.

Fils d'un homme violent, brave jusqu'à la
folie, galant jusqu'à l'érotisme, Dom Pedro II
avait pour mère une Autrichienne, fille de
Marie-Thérèse, savante, bas-bleu même, fière
du titre de protectrice des arts et des scien-
ces, avec cela passionnée pour la chasse et
les aventures, montant à cheval comme un
homme, fantasque dans ses goûts, bizarre
dans son genre de vie, se plaisant à faire de
la nuit le jour et du jour la nuit : il ne pouvait guère être parfaitement équilibré. De
son père, il tenait le goût de l'autorité absolue et la volonté ferme de faire, en tout et

pour tout, prévaloir ses idées; de sa mère,
un amour désordonné pour la science, l'ambition de tout savoir ou du moins celle de
paraître omniscient. Mais il était avant tout
Brésilien dans l'âme, Brésilien de caractère;
au milieu et au terroir brésiliens il devait
peut-être plus encore qu'à l'hérédité fami-
liale : son affabilité, sa simplicité de mise et
de mœurs, sa lenteur à prendre un parti,
sa crainte instinctive du nouveau (car il était
un peu réactionnaire dans sa politique, sinon
dans ses idées), enfin les retours d'apathie et
la manie de remettre toujours au lendemain.
Dom Pedro fut généreux jusqu'à l'impré-
voyance; dépensant fort peu pour lui-même,
il était toujours prêt à faire un don, à accorder un secours ou une pension. Fils et souverain d'un pays où les grandes fortunes ne
sont pas rares, il s'est trouvé, au jour de
l'exil, plus riche de dettes que d'argent

comptant. Avec le mot : *Amanha* (demain),
qui résumait toutes ses hésitations, toute sa
confiance aveugle dans le système de la tem-
porisation éternelle, celui qui revenait le plus
souvent dans sa conversation était : « Je
sais. » Je sais ! Il n'admettait pas qu'on le
supposât ignorer quoi que ce fût, sur un sujet quelconque, de science, d'art, de littérature ou de politique. Et il a, par ce mot ma-
lencontreux, bien souvent coupé court à
d'importantes confidences ou à des avis sa-
lutaires. L'empereur aimait à donner l'idée
que le Brésil, c'était lui ; l'Europe, indiffé-
rente ou ignorante, l'avait adoptée. Dom
Pedro joua consciencieusement son rôle jusqu'au bout. Il avait réussi à faire croire à
l'Europe qu'il était le souverain le plus paternel, le plus libéral, le plus exempt de préjugés. Or, nul n'était plus jaloux de son pouvoir personnel, plus habile à persuader à

ses ministres qu'ils gouvernaient, alors que
rien ne se faisait que par lui, rien sans lui.
Il avait, par simple esprit conservateur, par
crainte de l'inconnu, opposé pendant de longues années la force d'inertie à ceux de ses
conseillers qui réclamaient l'institution de
l'état civil, du mariage civil, une loi sur la
naturalisation. Lui, homme de science et
voltairien, il ne se mettait jamais à table
sans faire le signe de la croix, allait régulièrement à la messe, parce que « cela est
d'un bon exemple », peut-être aussi par un
singulier mélange d'indépendance d'esprit et
de superstition. Lui à qui toutes les portes
étaient grandes ouvertes en Europe, et qui,
par curiosité, ne laissait pas d'en user, n'é-
tait pas éloigné de penser que le Brésil devait
à demi fermer les siennes. Il ne voyait pas
d'un bon œil l'immigration en masse d'éléments européens; victime sans doute d'une

lointaine survivance du vieil esprit colonial portugais, il craignait que l'élément brésilien fût submergé, que les mœurs brésiliennes disparussent ou fussent altérées. Il avait l'horreur du détail précis, des chiffres, de la satistique, et c'est beaucoup pour cela qu'il est impossible encore aujourd'hui d'avoir sur le Brésil des statistiques d'ensemble. Il ignorait même le nombre exact de ses sujets et ne tenait pas à le savoir. Il avait assurément une grande connaissance, ou tout au moins un profond mépris des hommes : il était persuadé qu'on les mène par la vanité, en leur jetant en pâture des titres, des décorations, que l'opposition la plus acharnée ne saurait résister à une faveur éclatante ou à une simple attention. Il excellait à déconcerter ou à décourager ses ennemis : étiez-vous républicain avéré, on vous créait baron ; vous faisiez-vous remarquer par vos atta-

11

ques contre la dynastie, l'empereur, vous
rencontrant dans un lieu public, allait droit
à vous, vous disait : « Bonjour, Monsieur
X... » Et vous étiez obligé de saluer l'homme
même devant qui vous aviez juré de ne jamais vous découvrir. Comme les insectes
ailés vont à la lumière brillant dans la nuit,
les intrigants se groupaient et s'agitaient autour du souverain. L'empereur était un
homme, supérieur à de certains égards, fort
mal entouré. Si simple que fût son genre de
vie, si douces et affables qu'aient toujours
été ses manières, il savait garder les distan-
ces, et ne laissait jamais oublier à son inter-
locuteur qu'il parlait au souverain : en public, au milieu de son peuple, tous les regards
se tournaient naturellement vers cette haute
figure dominant tout le monde de la tête; il
avait vraiment grand air (1).

(1) Nous n'avons pas eu la prétention de faire ici un

Les cinquante années du règne de Dom
Pedro II ont été marquées par de réels bienfaits. Arrivé à l'âge d'homme, l'empereur a
trouvé son pays déchiré par les guerres civi-
les, en proie à une anarchie sanglante : il
réussit à y mettre un terme, et, pendant qua-
rante ans, le Brésil a joui d'une paix intérieure complète. Dom Pedro a toujours eu

portrait achevé de cette belle et intéressante figure de
Dom Pedro II; nous avons cherché à démêler les causes
de « la chute d'un régime »; nous n'avons noté que les
traits qui se rapportaient à notre sujet, nous en avons négligé d'autres et non des moins nobles ni des moins di-
gnes d'être groupés dans une biographie de l'Empereur
ou une histoire de son règne. Nous avons voulu rechercher et exposer en toute indépendance les causes de la
révolution brésilienne; nous avons consulté avec une
attention égale les anciens serviteurs de la monarchie et
les amis du nouveau régime; nous sommes persuadé
qu'aucun esprit non prévenu ne pourra nous reprocher
de nous être montré injuste à l'égard d'un souverain
malheureux et qui a demandé à la France l'hospitalité dans
son exil. Nous autres, Français, nous ne pouvons oublier
qu'il eut toujours la plus sincère affection pour notre pays
et qu'il n'hésita pas à nous la prouver en un temps où cela
demandait quelque courage et supposait des sentiments
vraiment généreux.

l'horreur du sang versé et de la guerre. La guerre, il l'a faite cependant, mais pour briser la dictature sanguinaire d'un Rosas ou d'un Lopez. Il a su tenir son pays à l'abri de la contagion du mal qui dévorait les républiques hispano-américaines, ses voisines : ce fut là sans doute la grande pensée du début de son règne. Il n'a jamais eu le goût des conquêtes; il a régné pour la paix. Pendant le demi-siècle qu'il a passé sur le trône, le Brésil a fait de lents, mais sérieux progrès; il aurait pu, il aurait dû même aller plus vite. Mais le chemin parcouru est néanmoins considérable. Dom Pedro II a créé des hôpitaux, des établissements d'instruction, des routes, des canaux, des ports; le pays, — immense, — s'est couvert d'un immense réseau de fils télégraphiques ; les chemins de fer combinés avec la navigation intérieure ont décuplé les forces productives du pays.

Le pays a marché, il a marché sans secousse ; peut-être eût-il mieux valu qu'il fît, au prix d'une crise de croissance et à travers quelques soubresauts, son éducation politique et sociale ; il serait plus avancé aujourd'hui et son peuple serait mieux trempé pour la lutte.

Il y eut beaucoup de forces, de temps et d'argent perdus par les hésitations de l'empereur. Les grands travaux, les grandes entreprises, les grandes réformes n'étaient jamais abordés de front ; ils étaient engagés sans plan d'ensemble, sans méthode, timidement. Cela tenait surtout à un grave défaut de l'esprit de Dom Pedro : à l'indécision de son caractère, il joignait le manque de précision dans les idées, défaut essentiellement brésilien. Il était à peu près incapable de distinguer la valeur relative des hommes et des choses. Les questions de principe lui étaient, comme à son peuple, tout à fait étrangères, en politique comme en religion ; d'où cet avantage que le fanatisme religieux et la métaphysique politique sont choses inconnues au Brésil ou n'y apparaissent qu'à l'état d'accidents sans conséquence, mais aussi ce grave inconvénient que les questions de personnes, les petits détails, les petites intrigues y prennent une importance énorme. Il en était ainsi à la cour et dans les conseils du souverain. L'empereur passait une journée à assister à des examens de médecine ; il se passionnait pour une nomination de professeur ; et, en temps de crise, à peine consacrait-il quelques minutes à converser en plein vent, dans une gare, avec l'homme d'État qui devait être son président du conseil le lendemain.

Les partis attendaient tout de l'empereur et avaient tout à en craindre, et tout dans son esprit se ramenait à des questions de personnes. Il dénouait à son gré les crises ministérielles, appelant tel ou tel parti au pouvoir sans se soucier de la majorité existant au Parlement. Le parti élu, une fois en possession de la faveur impériale, faisait les élections et se créait une majorité écrasante en malmenant le corps électoral ou en le corrompant; il restait au pouvoir jusqu'au jour où il plaisait à l'empereur de l'y remplacer. De la sorte, l'opinion publique n'avait jamais le loisir ou l'occasion de prendre conscience d'elle-même, de se manifester et de s'orienter. A chaque changement de gouvernement, à chaque interversion dans l'ordre des partis, l'empereur a fait de nouveaux mécontents. Après cinquante ans de règne, il s'est trouvé avoir mécontenté tout le monde. Il aimait d'ailleurs à intervenir constamment dans la politique du gouvernement, dans les

nominations de fonctionnaires, faisait pen-
cher la balance en faveur de tel candidat, et
point toujours du côté de la justice. C'était
chaque fois une famille qu'il aliénait à l'empire, sans réussir à s'attacher autant de re-
connaissances. Le respect pour la personne
vénérable du souverain était resté intact,
mais le respect pour le Trône, pour la préro-
gative impériale, était profondément entamé. L'empereur, en détruisant toute étiquette
apparente, avait lui-même porté un rude
coup au prestige du pouvoir et à la hiérarchie sociale; au joug très lourd, à la discipline très étroite des jésuites et de l'Église
avaient succédé très vite le laisser-faire, l'a-
bandon, l'indiscipline.

L'empereur eut le tort de marquer trop
publiquement son ignorance voulue des choses militaires, son insouciance à cet égard;
tout entier aux arts de la paix, il ne tenait

en aucune estime le métier des armes. Le
même esprit régnait dans son entourage,
dans les conseils du gouvernement, dans la
société. Le corps des officiers en éprouva
maintes fois les effets et s'en souvint.

Les mesures préparatoires à la grande
mesure de l'abolition furent prises il y a
vingt ans déjà, et quand l'échéance appro-
cha, quand le moment décisif fut venu, l'empereur hésita. Dans l'intervalle, il ne fit rien
pour aider les planteurs à traverser la crise,
pour les encourager à préparer puis à accom-
plir la substitution de la main-d'œuvre libre à
la main-d'œuvre esclave, — transformation
essentielle pour l'avenir du pays; l'immigration, le seul moyen efficace auquel on pût avoir
recours, fut attirée presque malgré lui. C'est là
faute capitale de son règne, la grande erreur de
cet esprit autrement si lucide: il ne sut pas voir
que l'abolition pourrait se tourner en un désas-

11.

tre, dont la monarchie serait rendue responsable, si elle n'était annoncée franchement,
ouvertement préparée et rendue inoffensive
par l'adduction préalable d'un grand courant
d'immigration. Enfin, il ne sut pas distinguer
entre la liberté et la licence : il fut libéral,
mais d'un libéralisme mal entendu et qui
revenait à confondre l'indolence du pouvoir
avec le sang-froid de l'homme d'État et l'indiscipline sociale avec la liberté. Sous couleur de liberté de la presse, il souffrit que
tout fût remis en question dans l'État, aucune
gloire, aucune réputation laissées intactes.
Les attaques anonymes, insérées dans les
journaux moyennant finances, furent le plus
sûr agent de désagrégation politique : la
discipline, dans l'armée comme dans les
fonctions publiques, en fut mortellement
atteinte.

En 1887, l'empereur tomba malade; depuis

lors, sa santé est restée très chancelante ; non seulement il n'avait plus toute sa vigueur physique, mais ses facultés intellectuelles subissaient des éclipses. Néanmoins, ses ministres, son entourage, tous ceux qui gravitaient autour de l'astre impérial, semblèrent s'entendre pour cacher au pays et à l'empereur lui-même la gravité de son état. Dom Pedro continua de tenir la place souveraine sans l'occuper réellement que par intermittences. L'action gouvernementale, énervée, procédait par bonds, séparés par de longs intervalles d'atonie. L'empereur était en Europe et la comtesse d'Eu régente, quand la campagne abolitionniste prit une tournure si vive, si pressante qu'une prompte solution devenait nécessaire. Les esclaves abandonnaient en masse les *fazendas;* la répression était devenue impossible.

La politique du gouvernement avait tou-

jours été si hésitante que les planteurs, cherchant à gagner du temps, espéraient encore
quelques mois de répit. En ces circonstances
critiques, l'attitude du ministère, de la régente
et de sa cour, pris entre les menaces de la
rue et celles de l'aristocratie foncière propriétaire d'esclaves, dénotèrent une étrange
absence d'esprit politique, un singulier manque de franchise. Jusqu'au dernier moment,
les résolutions du pouvoir restèrent enve-
loppées de mystère ; les *fazendeiros* pouvaient compter encore sur leurs esclaves
pour la cueillette de 1888, — on était en mai,
la récolte du café s'annonçait superbe, —
quand, en quelques jours, l'abolition fut pro-
posée et votée. Une grande partie de la récolte était perdue. Les planteurs ne pardon-
nèrent jamais à la régente le coup qu'elle
leur avait porté ; les abolitionnistes, dont un
grand nombre étaient républicains, ne lui

surent que très peu de gré d'avoir cédé à leur pression.

Quand l'empereur revint, après avoir, en France, senti la mort passer tout près de lui, le prestige de la monarchie n'était pas moins profondément atteint que la santé du souverain. Son médecin, le docteur Motta Maïa, le dominait et réglait minutieusement sa vie : il lui interdisait de lire les journaux, de causer politique, de recevoir même les ministres sans son autorisation expresse. Ce grand pays, habitué à une main ferme, à une ingérence constante de l'empereur dans les moindres actes de sa vie, fut abandonné à lui-même en pleine crise, alors qu'un malaise général commençait de régner et que les entreprises des ennemis de la monarchie devenaient plus hardies. Le docteur Motta Maïa manqua de décision et de clairvoyance ; deux partis seulement s'offraient entre lesquels il fallait

choisir : ou bien laisser l'empereur gouverner comme de coutume en se tenant au courant de tout, mais au risque de hâter sa fin ;
ou bien lui avouer que, s'il voulait prolonger son existence, il devait renoncer tout à
fait au pouvoir, étant devenu incapable d'en
supporter les charges sans danger. Du parti
bâtard où l'on s'arrêta, il ne pouvait sortir
que des conséquences désastreuses. L'empereur ignorait même les événements, les po-
lémiques qui faisaient le plus d'impression
sur son peuple. La crise ministérielle, à la
suite de laquelle M. de Ouro-Preto arriva au
pouvoir (juin 1889), montra clairement et le
désarroi des partis et que l'empereur n'était
plus au fait des choses les plus simples de la
politique. Le pire était qu'il n'en intervenait
pas moins au moment décisif, pour augmenter inconsciemment la confusion. Quand les
événements du 15 novembre survinrent, il

fut le dernier à apprendre qu'il y allait de sa couronne. Il n'a pas compris alors ce qui se passait dans les esprits et dans la rue ; il mourra sans doute sans avoir compris.

J'ai dû insister sur le caractère, le rôle et la personne de l'empereur ; la vérité historique m'y contraignait, mais elle m'oblige à ajouter qu'il serait injuste et inexact de faire remonter toutes les causes de la révolution au seul empereur, si grande qu'ait été sa place, si grand le vide apparu quand la force lui manqua. Dans les causes lointaines ou immédiates de la chute de l'ancien régime et de l'avènement du nouveau, il y a aussi la part des autres : les autres, c'est les partis, les coteries politiques, l'aristocratie foncière, le peuple, tout le peuple. Les uns ont agi, les autres sont restés passifs ; peu importe. Tous ont contribué à préparer, à faire ou à laisser faire la révolution.

Le régime parlementaire, tel qu'il était pratiqué au Brésil, lui a fait le plus grand mal. Les deux partis, véritables syndicats d'intérêts et de tempéraments divers, se disputaient la faveur impériale, et tel fut le spectacle que donna le pays dans les dernières années de la monarchie : chacun des partis, une fois en possession du pouvoir, malmenant ou corrompant l'électorat, d'ailleurs très restreint, qui lui renvoyait toujours une majorité docile ; les petits fonctionnaires renouvelés à chaque changement de ministère ; le népotisme et la faveur prévalant dans le choix des employés de tous ordres ; l'administration ignorante et négligente ; tous les ressorts détendus, énervés ; le désordre et l'indiscipline partout, dans la société civile comme dans l'armée ; nulle part, *the right man in the right place* ;

les officiers de l'armée de terre, traités en parias, tantôt injustement rudoyés, tantôt abandonnés aux mauvais conseils soufflés par le mécontentement ; la police brutale et secondée par de véritables bandits, les *capoeiras*, qui à certains jours terrorisaient la capitale ; une *garde noire* se constituant de la lie de la populace nègre et, sous l'œil indifférent ou bienveillant du pouvoir, se donnant pour mission d'exterminer les républicains sous prétexte de protéger la régente contre les entreprises des esclavagistes; le Parlement sans prestige, gaspillant son temps en interminables discours, attendant tout des intrigues de couloirs ou de palais ; le peuple plongé dans l'ignorance ; les Facultés de droit et de médecine fabriquant des déclassés à la douzaine ; tous les pouvoirs concentrés de fait à Rio au grand détriment de la prospérité et de la bonne administra-

tion des provinces; enfin, le désordre, l'a-
narchie légale.

Lors de mon voyage à Saint-Paul, j'allai
rendre visite au gouverneur ; on m'indiqua
un palais de granit, en stuc peint, aux proportions imposantes. Après avoir gravi un escalier monumental, je pénétrai dans une immense pièce nue, meublée à peine de quelques sièges et d'une table ; je me dirigeai
vers le gouverneur assis à la table, et,
comme je m'étonnais d'être obligé de me
tenir à distance, séparé de ce personnage
par une grande flaque d'eau, car il pleuvait
du plafond, il me dit en souriant: « Nous
sommes ici dans un édifice bâti par la monarchie et le gouverneur central ; regardez,
voici notre œuvre, à nous Paulistes. » Et il
me montrait par la fenêtre, sur la même
place, deux bâtiments tout neufs, construits
sans prétention, mais en bonne pierre de

taille, par la province de Saint-Paul, pour y loger ses départements des finances et de la poste. Le palais du gouverneur, voilà l'image du régime impérial sur son déclin ; les bâtiments pratiques et solides, œuvre de la province même, voilà l'idéal que se doit proposer la république. Le Brésil, tel que l'avait fait le règne de Pedro II ; le peuple brésilien, tel que l'ont formé l'hérédité et le milieu, n'étaient pas de force à réagir contre une entreprise révolutionnaire.

La monarchie est tombée; pourrait-elle se relever? Une restauration est-elle possible? Je ne le crois pas. Et d'abord, au profit de qui se ferait-elle ? De l'ex-empereur ? Il ne saurait en être question. De la comtesse d'Eu ? Ni elle ni son mari ne sont populaires, n'ont un parti. On lui reproche, à elle, ses idées religieuses très ardentes, son entourage clérical, sa politique pendant sa régence. Le comte d'Eu, chef suprême de l'armée, n'avait même pas l'armée pour lui ; bien mieux, il l'avait contre lui ; il s'était mis en tête de créer une garde nationale. Il paraît avoir été poursuivi, durant toute sa carrière, de l'idée de former le soldat-citoyen. Déjà, pendant la campagne du Paraguay, toutes ses attentions allaient aux volontaires. L'armée active ne pouvait le payer en sympathies. Malgré toute son application à se faire bien venir du peuple comme de la société mondaine, on faisait le vide autour de lui. Soit maladresse, soit malechance, il n'avait pu réussir à triompher des préventions. On n'avait jamais cessé de le considérer comme un étranger. Ses enfants n'étaient pas intéressants. Quant au prince Pedro Augusto, fils de la princesse de Saxe-Cobourg, deuxième fille de Pedro II, et qui, pendant onze ans, jusqu'à la naissance du premier enfant de la comtesse d'Eu, tint la place d'héritier de la Couronne, on lui a attribué de hautes visées. Il était visiblement le favori de l'empereur. Il ne se résignait pas à oublier, avouait-il lui-même, qu'il avait été si longtemps le successeur désigné de son grand-père. Mais il n'a point l'étoffe d'un prétendant. Il l'a prouvé, aux yeux de tous, lors des derniers événements.

Enfin, et c'est encore la meilleure raison, personne au Brésil ne songe à une restauration. Il n'y a point, il n'y avait point de loyalisme en ce pays. Presque tous les Brésiliens étaient, avant le 15 novembre, d'accord sur un point, qu'il n'y aurait sans doute pas de « troisième règne » : on était seulement un peu inquiet de savoir comment se ferait, à la mort de Pedro II, le passage de l'empire à la république. La question est tranchée. Les anciens partis sont en travail ;

ils se disposent à étendre leurs prises sur les nouvelles couches d'électeurs, et à aménager la république pour y vivre commodément. Le peuple brésilien, jusqu'ici traité en mineur, va commencer une nouvelle vie. Comment y est-il préparé ?

XI

L'ESPRIT PUBLIC, L'ÉTAT SOCIAL, LES MŒURS ET LES INSTITUTIONS

Le caractère national. — Société inorganique. — La fa_
mille. — Le rôle de la femme. — L'éducation. — Une
élite. — La presse. — Le régime parlementaire et les
mœurs politiques. — La centralisation et l'autonomie
provinciale. — L'administration. — Le clergé. — L'armée et la marine. — L'œuvre de la république.

Le trait dominant du caractère national
est une grande douceur teintée de mélanco-
lie; doux et triste, tel est le Brésilien, tel
l'ont fait le climat, la race, la vie sociale,
l'histoire. Si vous remontez à quelques gé-
nérations seulement en arrière, vous décou-
vrez pour ancêtres à beaucoup de Brésiliens

d'aujourd'hui des déportés, des aventuriers portugais, souvent même des Indiens et des hommes de couleur. Ces fils de forbans, de convicts, de corsaires, de négriers cruels et sanguinaires, sont pleins de mansuétude, ennemis de toute violence; ils ont horreur du sang versé. Comme à leur absence de préjugés de couleur ou de caste, d'orgueil social, à leur facilité d'accès correspond un défaut éclatant de hiérarchie, de respect, de discipline sociale, de même à la douceur des mœurs l'apathie du caractère forme un fâcheux revers. Il règne ici une apathie universelle, incoercible; elle ne saurait être comparée dans ses effets qu'au fatalisme du musulman, au nihilisme du bouddhiste. C'est une force, — la plus puissante peut-être en ce pays, — la force d'inertie. L'étranger non prévenu qui la heurte de front perd son temps et sa peine; aucun pouvoir humain ne saurait culbuter l'obstacle : il faut le tourner.

Le Brésilien est, par surcroît et par contraste, d'une nervosité étrange, et sa nervosité est fille de l'anémie. Il passe sans transition de l'immobilité à l'excitation, de l'indifférence à l'émotion la plus vive ; une procession, un cortège qui passe, un discours qu'il entend le ravissent d'un bond à l'enthousiasme et au délire. Il aime les longs discours, qu'il les prononce ou les entende : il se grise de ses propres paroles et de celles d'autrui. Vous le voyez, les yeux mouillés, suspendu aux lèvres d'un orateur ; vous l'emmenez, le feu tombe d'un coup, et il vous conte que celui qui parlait est un homme de rien.

Les heureux dons naturels du Brésilien l'encouragent encore dans son indolence native : il a généralement l'intelligence vive et

12

primesautière, une grande facilité d'assimilation. Par malheur, ces précieuses qualités
sont neutralisées par une grande légèreté,
un certain dédain des choses sérieuses et des
idées à longue portée. Il a peu de goût pour
la lecture, et les quelques livres qu'il feuil-
lette, — médiocres traductions de romans
parisiens et par trop lestes, — ne sont pas
pour lui meubler l'esprit ni lui tremper le
caractère.

Rien n'est plus rare qu'un caractère en ce
pays; il est assez commun d'y rencontrer
des hommes patients, persévérants, laborieux
même, mais tout autrement que nous ne
l'entendons ; ils font sans secousse leur chemin dans la vie, ils agrandissent peu à peu
et comme au hasard leur champ d'activité,
attendant plus encore des circonstances que
d'eux-mêmes, et, en fin de compte, il se
trouve qu'ils ont fait de grandes choses et

fourni une longue étape. Ainsi de ces immenses charrettes à bœufs que j'ai rencon-
trées partout dans l'intérieur : à un immense
vagon fait d'une grossière plate-forme, entourée d'un haut treillis et posée sur un
grossier essieu de bois muni de roues pleines,
sont attelées sept ou huit paires de bœufs en
longue file ; le lourd équipage avance lentement à travers la solitude ; l'essieu non
graissé chante, dans le moyeu, deux notes
graves éternellement les mêmes, et l'homme
suit : cela, chez nous, ce serait le retour à la
barbarie ; ici, c'est la civilisation ; c'est ainsi
qu'elle a pénétré jusqu'aux Andes.

Apathie, fatalisme ; patience, résignation :
quatre termes qui s'enchaînent. Le fait accompli a sinon un grand prestige, du moins
une puissance irrésistible. Toute la sagesse
politique du Brésilien se résume dans sa résignation au fait accompli : que ce soit après

réflexion, par goût sincère, ou simplement par manque d'énergie, tous s'inclinent devant lui. Personne, même parmi ceux qui furent le plus comblés par la monarchie, n'essaya de résister à la révolution. Le 15 novembre, les chefs républicains, qui sans doute connaissaient leur monde, se promenèrent sans la moindre appréhension dans les rues de la ville, au milieu de la foule étonnée, curieuse et pacifique. Il n'y eut sur le moment ni enthousiasme, ni indignation. Quelques semaines plus tard, quand la vieille impératrice, la « mère du peuple », qui était tendrement aimée de tous, vint à mourir, et que de son exil la nouvelle en parvint au Brésil, la résignation aux faits accomplis était telle que bien peu osèrent, parmi tous ceux, — et ils étaient nombreux, — qui éprouvaient une affliction sincère, avouer publiquement ou laisser paraître leurs regrets.

L'empire avait vécu de paix et d'inertie ; il n'avait pas permis que l'éducation politique des masses pût se faire ; il n'avait point fourni l'occasion à l'esprit public de se former, de prendre conscience de soi-même et de se manifester. Le moment venu, l'esprit public lui a fait défaut. Comme l'a très justement remarqué M. Eduardo Prado, le peuple brésilien n'a jamais eu son âge héroïque ; il n'a pas traversé une de ces crises de croissance d'où un peuple sort grandi, mûri, plus allègre et plus fort ; il n'a pas rencontré dans son histoire de ces épreuves qui trempent les caractères. Ainsi s'explique que le Brésilien soit aussi incapable d'enthousiasme prolongé qu'éloigné de tout fanatisme, il n'a jamais eu l'heur de se battre pour une idée et le goût ne lui en est pas venu. La métaphysique politique et le fanatisme religieux n'ont aucune prise sur lui ; le jacobinisme

12.

pas plus que la théocratie ne sauraient s'implanter et fleurir sur le sol brésilien.

Le Brésil est immense; le lien qui unit ses
enfants dans l'espace est très lâche; les ardeurs
qui s'allument au cœur du Brésilien sont vite
éteintes, et cependant il existe un patriotisme
brésilien, un sentiment national. Ce n'est
point un courant rapide, impétueux; c'est
plutôt une eau dormante, mais qui s'épan-
cherait avec assez de force si les digues venaient à être rompues. Il se manifesta, dans
les premières années surtout de la guerre du
Paraguay, un véritable sentiment national,
qui se réveillerait demain si la morgue et
les prétentions argentines dépassaient la
mesure.

Vers la fin de l'empire, un malaise général
régnait; tout ou presque tout allait de travers; partout le désordre et l'abandon : c'é-
tait l'anarchie légale. Le mal n'est pas dis-

paru, il a des racines profondes : il ne tenait point seulement à l'action d'un homme, l'empereur ; à l'influence d'un régime politique, la monarchie ; il tenait aussi, il tient encore à l'état de la société elle-même. Le « commonwealth » brésilien fut pendant plus d'un siècle fondé sur l'esclavage ; l'esclavage venant à manquer, il se trouva sans assise et sans liens, souffrant des maux qu'entraîne l'asservissement de l'homme à l'homme et cherchant une forme et une base nouvelles. La société brésilienne a échangé une forme barbare et inhumaine pour l'inconnu ; elle est retournée à l'état inorganique ; c'est un protoplasma où les cellules tournoient, cherchant une loi de groupement et un centre d'attraction. Il n'y avait jamais eu de cohésion ; il n'y a plus de classement.

Par une conséquence fatale de l'esclavage, la famille, — au sens étroit et élevé où nous

l'entendons, — n'était pas la cellule sociale ;
elle n'avait pas les limites précises et la discipline morale qui en font l'élément primor-
dial des sociétés modernes. Souillée par le
contact permanent de l'esclave, elle avait
perdu de sa pureté : il se trouvait des chefs
de famille pour introduire sous leur toit les
enfants naturels qu'ils avaient eus de leur
commerce avec des esclaves (1). La femme
légitime, inerte et résignée, subissait ces af-
fronts sans se révolter ; elle paraissait même
avoir perdu la conscience de l'humiliation.
L'autorité du père, la dignité de la mère en
étaient profondément atteintes ; chez les en-
fanst, le respect filial et la fierté domestique
allaient s'éteignant.

L'esclavage a eu sur la société tout en-

1. Un vieux Pauliste me racontait qu'il y a une quarantaine d'années tous les professeurs de Droit de la Faculté de Saint-Paul,— et plusieurs étaient des ecclésiasti-
ques,— avaient des faux ménages.

tière, et non plus seulement sur la famille, une influence dissolvante : il a corrompu la notion du devoir et du respect, déshonoré le travail, ennobli l'oisiveté, ébranlé la hiérarchie et détruit la discipline sociale. Suivant l'opinion courante, travailler, se soumettre à une règle quelconque, c'est le propre de l'esclave. Le Portugais, l'ancêtre du Brésilien, n'a jamais eu de répulsion pour les races de couleur, ni de dégoût pour l'union avec une femme noire. Au Brésil, la promiscuité des races et des conditions a dès longtemps été complète ; par suite, l'institution et le contact de l'esclavage furent d'autant plus pernicieux pour l'établissement social, la pureté de la race et la dignité du foyer.

La femme ne fut point un ferment d'activité comme aux États-Unis ou, comme en France, la gardienne éclairée et vigilante du foyer domestique. Traitée en inférieure,

cloîtrée par un mari jaloux, nulle ou annihilée, dépourvue d'instruction, tenue à l'écart,
elle se cantonna dans les soins du ménage.
Indolente à l'excès, elle se contenta de la
part médiocre qui lui fut réservée; elle ne
chercha pas à élargir son horizon ni à relever sa condition.

Dans cette société gouvernée par les intérêts matériels d'une oligarchie de grands
propriétaires terriens exploiteurs d'esclaves,
les intérêts moraux du peuple ne furent jamais attentivement considérés ni sérieuse-
ment défendus. L'instruction primaire, bien
que confiée aux provinces, était négligée. A
cette masse immense des paysans, des ou-
vriers agricoles et des villes, des affranchis,
des esclaves, des misérables enfin qui vivent,
sans besoin et sans utilité, de quelques ba-
nanes et d'un peu de farine de manioc, abandonnés à eux-mêmes et à leur paresse dans

les campagnes, les moyens suffisants n'é-
taient pas fournis de sortir de leur ignorance, de s'élever à une condition plus digne
et plus humaine. L'instruction secondaire,
moins sacrifiée, était donnée dans quelques
établissements publics et de nombreuses
institutions privées, dans les grands centres.
En dépit des programmes bien remplis et
flatteurs à l'œil et grâce à la médiocrité des
maîtres, à l'indolence des élèves, au relâ-
chement de la discipline, le résultat était
médiocre. Tout l'effort, toute la faveur du
pouvoir s'étaient portés sur l'enseignement
supérieur. Richement doté, parfaitement
outillé de laboratoires, bibliothèques, mu-
sées, il n'a cependant réussi le plus souvent
qu'à fabriquer des déclassés; c'était un fron-
ton trop riche et trop lourd pour l'édifice
fragile et mal bâti qui devait le supporter.
L'étudiant, insuffisamment préparé , sans

fonds solide, assimile mal la science qui lui
est prodiguée dans les Facultés. Il n'en a pas
moins de prétentions et la clique des faux
docteurs, des « bacheliers », a naturellement
débordé des professions libérales encombrées
sur la politique. Elle a eu beau jeu pour
éblouir de sa science de pacotille un peuple
d'illettrés. Quelques-uns de ces «bacheliers»,
surmenés, intoxiqués par l'abus d'une li-
queur trop forte pour leur cerveau de néo-
phytes, perdirent l'équilibre et se jetèrent à
corps perdu dans les philosophies les plus
mystiques et les plus obscures : c'est ainsi
que le Comtisme orthodoxe, mourant en Europe, ressuscita au Brésil paré d'oripeaux
voyants et d'attributs ridicules. La presse fut
inondée d'articles, le public de discours en
jargon pseudo-scientifique. Le contraste
éclata entre l'ignorance naïve des masses et
la science fausse et suffisante d'une coterie.

Le malaise social en devint plus aigu.

Par malheur, l'éducation du caractère et l'éducation physique étaient aussi négligées que celle de l'esprit était mal faite. Dans les établissements d'instruction, l'étroite discipline des jésuites n'a été remplacée par rien; aucun effort n'a été fait pour réagir contre la mollesse du tempérament national; les exercices du corps sont restés dédaignés, sous le règne d'un prince qui ne savait même pas monter à cheval; les fils d'une classe efféminée et anémiée ont été abandonnés à leur indolence native.

L'éducation est si défectueuse au Brésil que beaucoup de chefs de familles riches font élever leurs fils en Europe. Le parti que les Paulistes, gens réfléchis et pratiques, ont cru devoir prendre est digne d'être noté : ils dérogent à l'habitude nationale qui veut qu'un jeune homme de bonne famille soit élevé en

13

France; ils sentent si vivement le besoin de restaurer chez eux la discipline qu'ils confient à l'Allemagne le soin de rendre leurs fils respectueux de la règle et de la hiérarchie, et bien munis de savoir pour la vie.

Il y a dans ce pays des hommes d'une culture raffinée, d'une science saine et profonde; leur esprit est fils de l'esprit français; et leurs maîtres sont nos penseurs et nos savants. Ils revendiquent avec reconnaissance et non sans fierté cette parenté intellectuelle. C'est une élite qui ne déparerait point l'élite de nos sociétés les plus cultivées. Ces hommes voient juste, haut et loin; s'il leur est fait dans la république la place qui leur est due, si les bavards creux et bruyants leur laissent la parole, ils pourront exercer, sur le développement de la société brésilienne, la plus heureuse influence.

Est-il prudent, est-il juste de juger un peuple sur les journaux qu'il lit? On en peut douter ; et quel Français oserait dire : « Un peuple a la presse qu'il mérite ?» Mais la presse dans un pays, le rôle qu'elle y joue, l'influence qu'elle y exerce et les moyens qu'elle emploie : autant d'éléments pour juger une nation. La presse, au Brésil, est un fidèle reflet de l'état social issu du gouvernement paternel et anarchique de Dom Pedro II : d'une part, quelques grands journaux, très prospères, pourvus d'une organisation matérielle très puissante et très perfectionnée, vivant surtout de publicité, montés en somme et avant tout comme une affaire, et s'adressant à tous les publics, à tout le monde, plus préoccupés d'étendre le cercle de leurs lecteurs pour augmenter la valeur marchande de leur publicité que d'employer leur puissante action à diriger l'opinion publique, affectant l'indépendance, un certain scepticisme gouailleur, à la manière de notre *Figaro*, ou bien impartiaux jusqu'à être impassibles. A côté, tout autour, la foule bariolée des feuilles de parti qui, loin d'être une bonne affaire, ne vivent que des subventions d'un parti, d'une coterie ou d'un homme politique, et ne sont lues que si l'homme qui est derrière est un homme en place ou un homme à craindre.

Dans les feuilles les plus lues, les annonces ont envahi jusqu'à la première page; elles débordent de toutes parts; la place laissée à la rédaction est fort restreinte, et, sur ce terrain déjà étroit, s'étalent une foule de petites nouvelles personnelles, de petits potins et de petits faits : l'événement important n'est généralement pas mis convenablement en lumière, parce qu'au journaliste comme au peuple, comme à l'ex-empereur, manquent une conception nette de

la valeur relative des hommes et des choses,
un critérium et une méthode. La presse,
dans son ensemble, ne cherche pas à con-
duire l'opinion dans une voie bonne ou mauvaise ; elle n'est ni un guide, ni une éduca-
trice ; elle abandonne le peuple à son ignorance et à son apathie. Les deux premiers
journaux brésiliens, le *Jornal do Commer-
cio* et la *Gazeta de Noticias*, font de très
bonnes affaires; ils reçoivent tant d'annonces
que, la troisième et la quatrième pages ne
leur suffisant plus, ils leur consacrent un
supplément. Le *Jornal* est une sorte de
Times sans virilité : c'est un *Times* moins
les *leading articles*, un bon répertoire de
faits, un utile recueil de documents. La *Gazeta*
est bien différente; son impartialité ne con-
siste pas à enregistrer passivement les événements; elle a pour rédacteur en chef le
docteur Ferreira de Araujo, et c'est là sa

grande force. Le docteur Araujo est un excellent journaliste : il juge les hommes et les
événements avec une bonhomie narquoise ;
il écrit avec une précision, une élégance,
une sobriété rares ; je le place dans cette
élite de Brésiliens très cultivés, très supérieurs à leurs concitoyens ; il a du tempérament, du caractère, l'esprit élevé, l'intelligence largement ouverte. Il a jugé l'empire
debout et s'est déclaré alors républicain de
raison ; la république proclamée, la dictature
établie, il a conservé son indépendance de
jugement. Dans les questions qu'il traite,
son opinion est généralement décisive. Il
est le seul peut-être, dans son journal et
dans son pays, à se faire une idée, et une
idée juste, de la véritable mission du journaliste, mais à lui seul il ne saurait suffire à
la tâche.

La presse s'est avilie en acceptant de publier, dans les colonnes des annonces, sous le titre d'insertions sur demande, des libelles infâmes, des attaques anonymes contre les personnes publiques ou privées, contre les institutions, payées par les intéressés, dont la police est quelquefois. Je n'insiste pas, c'est un sujet trop pénible; mais les Brésiliens doivent se dire que ce coin mal famé des feuilles publiques, où le lecteur, poussé par une malsaine curiosité, jette d'abord les yeux, est, dans le corps social, un point gangrené : il y faut porter le fer et le feu.

Le peuple brésilien avait reçu, il y a plus d'un demi-siècle, le présent, assez dangereux pour lui, d'une Constitution parlementaire. Dom Pedro Ier ne s'aperçut pas sans doute qu'il confiait à des mains grossières et malhabiles un outil délicat, en métal fin, et dont le tranchant aigu les blesserait à l'usage. Pour fonder un gouvernement parlementaire, il

manquait au peuple des mœurs politiques,
l'habitude du *self-government*, à l'esprit public une orientation définie, une éducation
assez avancée et, pour tout dire en un mot,
d'avoir pris conscience de soi-même.

Aussi, le gouvernement personnel qui
survécut à la proclamation de la Constitution dégénéra en « anarchie pacifique »; le
régime parlementaire se tourna dans le pays
en politique de clans, au Parlement en intrigues de couloirs et en bavardages interminables. Malgré tout, le haut personnel gou-
vernemental resta généralement sain. A cet
égard, on peut établir une différence très
nette entre le Brésil et les républiques hispano-américaines : tandis que dans celles-ci le
parti qui s'est emparé du pouvoir exploite
cyniquement le crédit de l'État et les hautes
fonctions qu'il occupe, et que ses chefs ne
quittent la place qu'après avoir réalisé des

fortunes scandaleuses, au Brésil, les ministres descendent du pouvoir les mains nettes,
d'aucuns plus pauvres qu'ils n'y étaient arrivés. Mais ils ne sont pas à l'abri d'une in-
curable maladie du caractère brésilien, la
faiblesse à l'égard des amis et des proches :
j'en citerai comme exemple M. Joâo-Alfredo,
qui, après avoir été plusieurs fois et longtemps ministre, vit aujourd'hui dans la re-
traite la plus modeste, et qui, pendant son
passage au pouvoir, fut violemment attaqué
et sévèrement jugé pour n'avoir pas su résister aux appétits de son entourage.

Le gouvernement impérial ne se décida
jamais à adopter dans ses rapports avec les
provinces une ligne de conduite nettement
définie : il est impossible de dire si ses actes
procédaient d'une pensée de centralisation
ou d'un principe contraire; le laisser-faire
alternait avec une rigueur excessive ; d'où

13.

une incertitude fatale au développement rapide et spontané des provinces. Sur le territoire immense du Brésil, sous des climats
divers, il s'est formé des noyaux indépen-
dants, des milieux originaux ; certaines provinces ont pris l'essor, quelques-unes non
sans hardiesse ni bonheur, comme Saint-
Paul, comme Minas, comme Rio-Grande-do-
Sul. Il aurait fallu au centre une main ferme, mais souple, une large intelligence des
besoins différents et des énergies inégales
de ces membres d'un même corps : ni l'une
ni l'autre ne s'y rencontrèrent. L'autonomie
provinciale existait en droit : elle fut faussée
ou annihilée dans la pratique. Ni les justes
impatiences, ni les vigoureux élans, ni les réclamations pressantes des provinces jeunes,
ardentes et prospères ne purent briser la force
d'inertie du pouvoir central. Les parties les
plus vivantes de l'empire se sentirent prises

d'un malaise vague, qui finit pas s'accuser et prendre corps sous la forme républicaine dans ce qu'elle a de plus justifié et de plus irrésistible. Aussi, dans les provinces les plus avancées, la chute de l'empire fut saluée comme une délivrance, comme l'avènement d'un régime plus intelligent des nécessités provinciales, — de la république fédérative en un mot.

Sous l'empire d'une Constitution emprun-tée pour le régime parlementaire au système anglais, pour le principe fédératif aux insti-tutions des Etats-Unis, l'administration était régie par quelques règles copiées du droit administratif français, inspirées d'un esprit tout opposé et naturellement dépouillées des traditions qui les justifient. Les hommes d'État brésiliens, appelés à légiférer ou à rédiger des règlements pour un grand pays neuf dont les besoins différaient singulière-

ment de ceux d'une des nations les plus cen-
tralisées du vieux monde, avaient été des-
servis par leurs lectures trop exclusivement
françaises. D'une juxtaposition de principes
si divers, il ne pouvait résulter que la confusion et naître que des conflits incessants.
D'autre part, il manquait au personnel administratif la cohésion, l'esprit de discipline, une éducation professionnelle sérieuse
et la conscience claire de ses devoirs.

Le clergé n'a pas de prise sur les conscien-
ces ni d'empire sur la société, et il ne semble
pas très pressé d'en acquérir. A part le menu
peuple, grossier, ignorant et naturellement
superstitieux, à qui il faut des cérémonies
éclatantes, des processions assaisonnées de
feux d'artifices et d'exhibitions théâtrales, le
Brésilien est indifférent ou incroyant. Le
clergé ne se recrute qu'à grand'peine, et
dans le rebut des autres professions; le Brésil

ne fournit pas assez de prêtres, et l'on s'est trouvé amené à en importer. L'Italie n'a pas envoyé seulement des bras pour l'agriculture, elle a envoyé aussi des recrues pour l'Église; il n'est pas rare, à la vérité, qu'un vicaire italien, après quelque temps d'exercice, quitte un beau jour la soutane pour l'habit civil et la sacristie pour le comptoir du négociant. La profession ecclésiastique, dépourvue de prestige, est délaissée comme l'est le clergé dans la société.

Les officiers de l'armée de terre sous la monarchie n'étaient guère plus considérés que le clergé. Comme le métier militaire, mal payé, ne menait ni aux honneurs, ni au pouvoir, le corps des officiers était fort mal composé. L'empereur n'avait même pas de Maison militaire; il jetait le discrédit sur les hautes fonctions de l'armée en bombardant maréchaux des gens qui n'avaient jamais

tenu une épée ; il avait bien créé des écoles
préparatoires au métier militaire, mais l'enseignement théorique s'y était installé en
maître absolu : au lieu de fournir à l'armée
des officiers instruits et rompus au métier,
elles l'inondaient de « bacheliers » et de
rhéteurs. Ainsi qu'il est naturel dans un
pays où toutes les intelligences et toutes les
énergies trouvent un emploi lucratif dans
l'agriculture, le commerce ou l'industrie, la
carrière militaire ne pouvait être qu'un pis-
aller, d'autant que rien n'avait été fait pour
la rehausser. Il est remarquable que les
provinces du Centre, qui sont en pleine croissance, ne fournissent ni officiers, ni soldats.
L'armée se recrute surtout dans les provinces du Nord qui sont arriérées, et dans celle
de Rio-Grande-do-Sul, province frontière,
dont la population a été de tout temps énergique et belliqueuse. On peut donc dire que

l'amour du métier des armes est en raison inverse du développement économique des provinces et de l'état d'avancement de leur population.

Le corps des officiers de marine, considéré, choyé même, est composé d'éléments empruntés à un milieu social supérieur; il est généralement instruit; il compte même des sujets très distingués.

Tels sont à grands traits les divers éléments de la société brésilienne; tel est le sol où il s'agit d'implanter la république. La république a été proclamée, mais, jusqu'à présent, c'est la dictature militaire qui seule existe. L'acte de naissance a été dressé, mais le nouveau-né est encore *infans;* sa personnalité ne se dégagera qu'avec le temps, après qu'il aura secoué la tutelle de ses parrains, des militaires. Quelles difficultés va-t-il rencontrer sur sa route à peine commencée ? A quelles entreprises, à quels soins pressants devra-t-il, dès son entrée dans la vie consciente et indépendante, consacrer ses efforts?

La république, émancipée, délivrée des soucis d'un présent incertain, devra se tourner hardiment vers l'avenir : plusieurs des hommes du 15 novembre, sinon tous, auront disparu de la scène, usés par un rôle trop lourd et joué fiévreusement; bon nombre des hommes d'État formés sous l'ancien régime, rompus aux affaires, entreprendront de mettre de l'ordre dans les constructions ambitieuses et hâtives des révolutionnaires. Il y aura pour le premier gouvernement légal de la république régulièrement constituée sinon de grandes choses à faire, du moins des œuvres de longue haleine à entreprendre : il devra aborder de front la question militaire. Comment les hommes du 15 no-

vembre pourraient-ils résister aux prétentions outrées de leurs auxiliaires de la veille?
Où donc un maréchal révolté d'hier, et qui
donna l'exemple éclatant de l'indiscipline,
puiserait-il la force de restaurer la discipline ébranlée? Ce soin reviendra à ses suc-
cesseurs : ils devront d'abord bannir la politique de l'armée, retirer le droit de vote aux
officiers, mettre les officiers politiciens dans
la nécessité de choisir une fois pour toutes
entre le métier d'agitateur populaire et leur
devoir de soldats, disperser, suivant les
besoins du service, les régiments dans les provinces ; ils devront, en somme, faire rentrer
l'armée en sa vraie place, mais aussi la traiter avec justice et sans brusquerie.

Leur premier devoir sera ensuite de faire
l'éducation du peuple brésilien, appelé à se
gouverner lui-même : c'est toute une organisation coûteuse et délicate à créer. L'auto-

nomie des provinces, devenues États, ne serait qu'un mot dépourvu de sens, ou bien
signifierait anarchie à tous les degrés, si le
peuple n'était mis en mesure de choisir en
connaissance de cause ses mandataires et de
contrôler leurs actes. En même temps que
le gouvernement de la république fournira
les moyens de s'instruire aux citoyens qu'elle
possède, il devra aussi chercher les moyens
de lui en faire acquérir de nouveaux ; il devra,
sous peine de condamner le pays à l'appau-
vrissement graduel et à l'anémie, résoudre
le grand problème de l'immigration. C'est
alors qu'il faudra au Brésil des hommes
d'État connaissant bien à la fois leur pays et
l'Europe, pleinement conscients de l'importance vitale de la question, exempts de préjugés de classe ou de race, à l'intelligence
ouverte et au caractère ferme, prêts à ouvrir
les bras aux hommes de cœur qui viendront

tenter la fortune et disposés à les laisser,
pour le plus grand bien de tous, se tailler
dans le patrimoine national un domaine
digne d'eux et qui les attache à leur nouvelle
patrie.

XII

LE BRÉSIL ET LA FRANCE. — QUESTIONS ÉCONOMIQUES.

Le Brésil traverse une période de crises:—crise politique dont le dénouement est proche et sera heureux sans doute grâce au bon sens du peuple brésilien; — crise sociale dont l'issue est moins facile à prévoir et dont la nation ne sera victorieusement sortie que lorsque la discipline aura été rétablie dans l'armée, dans l'administration, dans le peuple, partout;—crise économique, conséquence inévitable de l'abolition de l'esclavage: le remède est trouvé, c'est l'immigration bien comprise et bien conduite.

Dans un pays neuf comme celui-ci, où les

grands courants économiques apparaissent
à la surface, se dessinent au plein jour avec
une netteté éclatante, se manifestent comme
des forces de la nature, irrésistibles, les affaires commandent à la politique ou se passent
d'elle. Ni les commerçants, ni les planteurs
ne s'attarderont aux subtilités constitution-
nelles et, si les politiciens bavardent trop longtemps, ils iront de l'avant sans se soucier
d'eux. Le Brésil se développe ; il continuera
de se développer ; cela est aussi fatal que le
retour des marées et la succession de l'âge
adulte à l'enfance.

Je voudrais tracer rapidement les grandes
lignes de ce pays, marquer les conditions de
son développement économique, montrer en
quoi il doit nous intéresser et ce que nous
avons à y faire.

Le Brésil est le plus grand État de l'Amérique du Sud et le plus peuplé. Presque tous

les climats s'y rencontrent depuis la zone torride (Pernambuco, Céara, Maragnon, Para, Amazones, Matto-Grosso), jusqu'à la région chaude (Bahia, Rio-de-Janeiro, partie de Saint-Paul), et la région tempérée (Parana, Santa-Catarina, Rio-Grande-do-Sul, partie de Saint-Paul). On évalue la population à 15 millions d'habitants pour un territoire égal aux 85/100 de l'Europe, plus étendu que la Chine propre, que les États-Unis.

La province brésilienne la plus petite est plus grande que le Danemark ; les plus grandes, Amazones, Para, Goyaz, Matto-Grosso, dépassent tous les États européens, sauf la Russie. Les provinces les plus peuplées sont celles de Minas, Bahia, Saint-Paul, Rio-de-Janeiro, Pernambouc.

Au point de vue agricole, le Brésil peut se diviser en trois grandes régions : la région côtière tropicale, des bouches de l'Amazone à

Santos, dans la province de Saint-Paul;
c'est la plus cultivée, la plus peuplée;
assez large au Nord, elle se retrécit à mesure
que le plateau montagneux se rapproche
du littoral (le Brésil, à part l'Amazonie, la
région côtière et la région du Sud, est constitué par un immense plateau qui atteint
jusqu'à 700 et 800 mètres d'altitude et abou-
tit en gradins à la mer; on y rencontre la
forêt vierge, les *campos* nus ou couverts d'une
végétation rabougrie et les terres rouges de
Minas, de Saint-Paul, admirablement fertiles); — la région des plaines de l'Amazone,
basse, humide, très chaude et très malsaine,
couverte de forêts inextricables, incroyable-
ment riches en essences rares où l'Indien,
le *caboclo*, le métis, seuls peuvent aller recueil-
lir le caoutchouc; — la région du Sud, tem-
perée, jouissant d'un climat délicieux, où se
sont portées de préférence les colonies euro-

péennes (plusieurs centaines de mille Allemands), où le sol se prête très bien à la culture des céréales et à l'élève du bétail.

Les produits agricoles sont, presque partout, le manioc, le riz, le haricot noir, le maïs, qui constituent la base de l'alimentation dans l'intérieur ; le café, qui donne lieu à la grande culture industrielle dans la région tropicale et des plateaux ; le sucre, dans le Nord surtout, à Pernambouc et à Bahia.

Voici les principales productions du Brésil pour l'année 1886-1887 évaluées en milreis (1 milreis = 2 fr. 83 au pair) :

Café..............	187.000.000
Sucre (Pernambouc).	16.000 000
Coton.............	15.120.000
Caouthouc (Para)...	5.200.000
Tabac (Bahia).......	6.250.000
Peaux.............	5.360.000
Cacao.............	1.630.000

14

Maté............... 3.600.000
Poudre d'or......... 1.200.000

Le Brésil est pourvu d'un merveilleux réseau de voies de communications naturelles qu'il n'a eu qu'à compléter ou à rectifier sur plusieurs points : avec le bassin de l'Amazone, le rio San-Francisco, les fleuves côtiers, les bassins supérieurs du Paraguay et du Parana, il se trouve posséder un ensemble de voies navigables d'une étendue de 54.000 kilomètres. Les steamers sillonnent le cours de presque tous ces fleuves ; ils remontent l'Amazone sur une longueur de 10.000 kilomètres, des embouchures jusqu'à la frontière du Pérou ; ils parcourent sur le Paraguay et ses affluents 4.500 kilomètres, de Montevideo à la capitale de Matto-Grosso. Les ingénieurs brésiliens ont très habilement combiné le réseau des voies navigables avec le système des voies ferrées : les fleuves côtiers qui se jettent dans

l'Atlantique offrent tous cette particularité
remarquable que, après avoir d'abord dirigé
leur cours parallèlement à la côte, ils rencontrent la serra do Mar, le rebord et le soutien
du grand plateau, et ne peuvent déboucher à
la mer qu'après avoir franchi la montagne par
une série de chutes et de rapides ; tel le San-
Francisco dont les chutes sont plus belles et
plus imposantes, dit-on, que celles du Nia-
gara.

L'œuvre de l'ingénieur a consisté, pour
plusieurs de ces fleuves qui traversent des
régions fertiles, à prolonger la voie fluviale,
à partir du point où tombant en cascades le
fleuve cesse d'être navigable, par une voie
ferrée jusqu'à la mer.

Les chemins de fer ont suivi au Brésil,
dans les dernières années, une progression
rapide :

CHEMINS DE FER EN EXPLOITATION

1867	601 kilom.
1870	997 —
1880	3.521 —
1887	8.486 —
1888	9.200 — (plus 9.990

en construction ou à l'étude).

Dans le Sud, à Rio-Grande et au Parana, les chemins de fer rejoignent le Paraguay et ses affluents, si bien que ces provinces ont double débouché par les chemins de fer jusqu'à l'Océan, par le fleuve jusqu'au rio de la Plata.

Il y a au Brésil 18.000 kilomètres de lignes télégraphiques terrestres; un câble côtier d'une longueur de 6.000 kilomètres réunit les principaux ports depuis Belem (Para), le grand entrepôt de l'Amazone, jusqu'à Montevideo.

Le Brésil est doté de magnifiques ports

maritimes ; peu de pays ont autant de fe-
nêtres et de portes ouvertes sur le monde :
Manaos, sur le rio Negro, un bras de l'Ama-
zone, à plus de 1.000 kilomètres dans l'in-
térieur, relié directement avec Liverpool
(28 jours), New-York et Rio-de-Janeiro ;
Para, San-Luiz de Maragnon, Parnahyba,
Fortalezza, Recife (Pernambouc), Alagoas,
Bahia, Caravellas, Victoria, Rio-de-Janeiro,
Santos, Antonina, Desterro (Santa-Cata-
rina) ; Rio-Grande-do-Sul, Porto-Alegre ,
Pelotas.

Dans le seul port de Rio-de-Janeiro il est
entré en 1889 1.375 navires de long cours
jaugeant ensemble 1.275.527 tonneaux et
1.030 navires caboteurs jaugeant ensemble
530.371 tonneaux. Les navires au long cours
étaient ainsi répartis (1889) par nationalité :
526 anglais; 164 norvégiens; 156 allemands;
150 français; 103 nord-américains; 57 ita-

14.

liens. Les statistiques ne donnent malheureusement pas le tonnage par nation.

Le commerce extérieur du Brésil a depuis trente ans suivi la marche suivante ;

TOTAL DES ÉCHANGES.	MOYENNE ANNUELLE.	
1859-64	590 millions de francs.	
1874-79	897	—	—
1879-84	1.003	—	—
1886-87	1.180	—	—

En 1886-1887, les importations étaient aux exportations dans la proportion de 209 à 263. La balance du commerce est donc favorable au Brésil; mais ce pays a de forts paiements en or à faire en Europe pour le service de sa dette extérieure.

Le commerce extérieur du Brésil se répartit comme suit entre les principales puissances :

Des exportations, 1/3 va aux États-Unis;

1/3 en Angleterre, 1/10 en France, 1/14 en Allemagne.

Des importations, 45 0/0 viennent d'Angleterre, 17 0/0 de France.

Les principaux articles d'importation par ordre d'importance sont : les cotonnades ; les vins et alcools ; les conserves de viande et de poisson ; les lainages ; les farines ; les charbons ; le linge ; les fers et aciers.

Le commerce du café avec le Brésil a une importance capitale, puisqu'il fournit aux navires qui importent nos produits du frêt de retour. Le mouvement du port de Rio-de-Janeiro peut servir de baromètre : en 1889, il est sorti de Rio 2.910.325 sacs, dont 1.797.530 étaient pour les États-Unis ;

547.209 pour les ports de la Manche et du nord de l'Europe ;

260.064 pour les ports de la Méditerranée.

Londres a reçu 245.000 sacs

Hambourg,	158.000	sacs
Le Havre,	61.000	—
Anvers,	43.000	—
Bordeaux,	3.325	—
Trieste,	118.000	—
Marseille,	104.000	—

En additionnant les quantités afférentes à nos trois ports, nous trouvons un total de 168.000 sacs importés en France qui ne dépasse que de 10,000 sacs la quantité importée dans le seul port de Hambourg : c'est là qu'est le danger.

La France achète au Brésil pour 82 millions de francs.

L'Angleterre achète au Brésil pour 128 millions de francs.

La France vend au Brésil pour 96 millions de francs.

L'Angleterre vend au Brésil pour 176 millions de francs.

L'Allemagne vient ensuite ; elle est à craindre, parce que les Allemands émigrent ; il en est de même pour les Italiens. Tous apportent des habitudes et des besoins qu'ils ne peuvent satisfaire qu'en s'adressant à la mère-patrie.

Les chiffres sont éloquents, sans doute, mais il est des choses qu'ils ne sauraient exprimer. La France, qui ne vient dans les statistiques qu'au second rang, et tout juste, a au Brésil une situation exceptionnelle, morale surtout, dont nous n'avons pas su profiter et dont nous devons tirer un meilleur parti. Nous ne pouvons envoyer des émigrants ; fournissons des capitaux. Suivons l'exemple des Anglais : développons notre commerce avec ce pays et créons-y des entreprises. Le capital anglais employé au Brésil s'élève à près de 2 milliards et demi, représentés par le capital des maisons de

commerce, 35 millions de livres sterling
placés en rentes brésiliennes, 19 en chemins de fer, 4 dans des compagnies de navigation, 3 1/2 en câbles télégraphiques,
2 dans des banques, etc. Les Anglais, gens
bien renseignés, ont généralement réussi à
mettre la main sur les meilleures affaires ;
c'est ainsi qu'une compagnie anglaise est
propriétaire de la ligne ferrée de Santos à
Jundiahy, qui donne des dividendes de 20
à 22 0/0 et qui est peut-être l'entreprise de
chemins de fer la plus lucrative du monde
entier. Les Anglais sont les maîtres du
marché financier de Rio ; ils font la hausse
et la baisse du change avec cynisme. Deve-
nus tout-puissants, ils ont comme toujours
dépassé la mesure; ils ont trop tendu la
corde ; il est aisé de constater ici une fa-
tigue universelle; on ne veut plus d'eux ni
de leurs capitaux. Sans doute, il serait vain

pour le moment de chercher à les déloger des positions qu'ils occupent; mais il n'est pas impossible de les empêcher d'en conquérir de nouvelles.

Le conflit anglo-portugais n'a pas été pour détendre les rapports entre Anglais et Brésiliens; les Portugais sont nombreux, riches et puissants au Brésil; le Brésilien a pour le Portugal des sentiments presque filiaux. Aussi la lassitude que le Brésil éprouve de l'Anglais est-elle devenue presque du dégoût. Le chef du gouvernement provisoire disait récemment, dans des circonstances qui donnent à ses paroles une grande portée, qu'il ne voulait plus fournir d'emploi aux capitaux anglais, que le Brésil en était saturé et qu'il désirait vivement attirer les capitaux français.

Le maréchal Deodoro était l'interprète fidèle du sentiment général. C'est un cri

universel: pourquoi les Français ne viennent-
ils pas étudier ce pays où ils ont la partie
si belle? J'avoue franchement qu'ils n'ont
pas d'excuse.

La situation morale de la France en ce
pays est exceptionnelle, disais-je. A cela il
y a une foule de raisons. Les Brésiliens ont
coutume de dire: la nation française tient la
tête des races latines; c'est d'elle que nous
relevons. — Depuis la proclamation de la république au Brésil, il semble qu'un lien nouveau se soit formé entre les deux pays. La
langue française se parle à Rio-de-Janeiro,
dans le monde des affaires et le monde officiel, presque autant et aussi couramment que
le Portugais. Le français est un instrument
indispensable aux Brésiliens pour communiquer avec le reste du monde. L'enseignement dans les écoles d'enseignement secondaire, dans les écoles industrielles, dans les

Facultés (1), se fait avec des livres français.

Notre langue est très répandue dans le Brésil tout entier : c'est un des premiers éléments de l'éducation pour les classes cultivées. Les sympathies pour la France sont très vives et très actives : je pourrais citer bien des exemples qui prouvent que les Brésiliens, dans leur amitié pour nous, ne s'en sont pas tenus et ne s'en tiennent pas aux paroles. La presse nous est généralement sympathique ; elle emploie un matériel, du papier français. Les librairies sont peuplées de livres français : tous les moyens de propagation de la pensée sont au service des idées françaises.

Et c'est le cas de reproduire la devise de

(1) Un libraire de Bahia envoyait dernièrement à un éditeur de médecine de Paris, avec lequel il n'avait jamais eu de rapports, un chèque de 17.000 fr. pour recevoir par retour du courrier un approvisionnement de livres de médecine.

15

l'Alliance Française : « La langue française donne des habitudes françaises ; les habitudes françaises amènent l'achat des produits français ; celui qui sait le français devient le client de la France. » Cela est si vrai qu'il m'est souvent arrivé de m'entendre dire par des commerçants brésiliens : « nous repoussons le plus que nous pouvons les offres incessantes et pressantes des Anglais, des Allemands, tant que nous avons le moindre espoir de trouver le moyen ou l'occasion de nous adresser à des Français. Mais les Français ne nous les offrent guère. »

Comment faire pour répondre à cette attente, pour exploiter ce terrain si bien préparé ? Autrement que nous n'avons fait jusqu'ici.

Nous pourrions, nous devrions doubler notre commerce avec le Brésil. La première condition est d'étudier les goûts et les usages

du pays; la seconde de s'y conformer. Nos
fabricants ne doivent pas se croire désho-
norés pour produire et nos commerçants pour
vendre à l'usage des négresses et des mulâ-
tresses des objets de mauvais goût; ils doivent admettre que le goût change avec la
latitude et la couleur de la peau. Nos négociants doivent se décider à accorder à leurs
clients brésiliens des crédits plus longs; le
terme de 90 jours, qu'ils imposent généralement, est trop court. La douane au Brésil
est lente et négligente; il arrive, si les traites
sont à trois mois, que le destinataire est
obligé de payer l'envoyeur avant d'avoir ouvert ses caisses. Les Anglais et les Allemands
accordent six mois de crédit.

Enfin nos commerçants doivent envoyer
sur place des gens intelligents, sérieux et
actifs. Les résultats ne se feront pas attendre longtemps. Une grande maison de

cordonnerie de Paris envoie il y a quelques
mois au Brésil un représentant. A peine arrivé il constate que ses articles ne répondent
pas aux goûts et aux habitudes de l'acheteur
brésilien. Il achète quelques échantillons de
ce qui se vend le plus couramment, repart,
fait fabriquer, revient l'année suivante et
recueille du premier coup 200.000 fr. de
commandes.

Le champ n'est pas ouvert qu'à nos commerçants; il l'est également à nos capitalistes, à nos industriels, à nos ingénieurs.
Des sociétés françaises devraient entreprendre de grands travaux au Brésil : il y
d'excellents placements de capitaux à chercher
et à trouver. Une seule compagnie française
représente au Brésil l'industrie française :
c'est la compagnie des chemins de fer Brésiliens (Dyle-Bacalan). Elle a construit une
ligne très difficile, une des plus pittoresques

du monde entier par la contrée qu'elle traverse et une des plus curieuses par ses travaux d'art qui n'ont rien à envier au Saint-Gothard : cette ligne, qui a un grand avenir, rejoint un port de l'Atlantique, Paranagua, à Curityba la capitale de la province du Parana, en franchissant la terrible Serra do Mar. La compagnie des chemins brésiliens a obtenu une nouvelle concession en 1889 : elle doit construire des prolongements dans deux directions au Nord et au Sud, sur une longueur totale de 220 kilomètres. Le tracé du Sud doit rejoindre plus tard, après un parcours de 900 à 1000 kilomètres, le chemin de fer de Porto-Alegre à Uruguayana, port intérieur sur l'Uruguay, et constituer ainsi un circuit complet allant de Paranagua, sur l'Océan, à l'embouchure de la Plata, en enveloppant les provinces de Parana, Santa-Catarina, Rio-Grande-do-Sul et l'État de l'Uruguay. La compagnie française des chemins de fer brésiliens aura sans doute beaucoup de peine à trouver en France les capitaux nécessaires ; les capitaux ne manquent pas dans notre pays, mais ils sont timides ou aveugles. Et cependant cette ligne traverse un pays d'une fertilité admirable, sous un climat sain, comparable aux plus sains et aux plus doux d'Europe.

Une autre société française a construit, dans la province de Rio-Grande-do-Sul, un chemin de fer de 300 kilomètres entre les villes de Rio-Grande et de Bagé. Elle est concessionnaire, ou bien près de l'être, d'une entreprise considérable, le port de Rio-Grande. Il s'agit de creuser la barre qui est ensablée, pour ouvrir à l'une des provinces les plus riches du Brésil, où la culture des céréales et l'élève du bétail donnent déjà de grands profits, mais qui étouffe faute d'exutoire, un débouché sur l'Océan. Les travaux,

évalués à 75 millions de francs, seront
répartis sur 7 années, Ils seront payables
par le gouvernement central et la province au
fur et à mesure de leur avancement. Cette société trouvera-t-elle des capitaux en France ?
Pour son chemin de fer de Rio-Grande à
Bagé, elle y fit une tentative, vaine d'ailleurs.
Aujourd'hui, la ligne est entre les mains d'une
compagnie anglaise, et, bien qu'achevée
depuis peu de temps et exploitée d'une façon
peu rationnelle, elle fait ses frais. Les recettes couvrent les dépenses. Le capital
employé jouit d'une garantie de 7 0/0 en or
payée régulièrement par le gouvernement
brésilien. Si cette compagnie de chemin de
fer était restée française, comme le port va
sans doute être creusé par des Français, l'influence française aurait pu devenir considérable dans cette grande et riche province de
Rio-Grande.

Une autre société française, la société française des télégraphes sous-marins, a envoyé un agent à Rio-de-Janeiro vers la fin de 1889. Il venait demander une concession dont l'objet est de relier télégraphiquement le Brésil, c'est-à-dire Rio-de-Janeiro, à New-York et de là avec le réseau général. Il a obtenu la concession, battant les Anglais et les Américains, grâce à ce qu'il était sur les lieux et entré en rapports directs avec les membres du gouvernement. La ligne télégraphique à créer empruntera les lignes terrestres brésiliennes jusqu'à Para, de là ira rejoindre les câbles que la société possède déjà aux Antilles et qui seront prolongés au Mexique pour rejoindre et emprunter les lignes côtières des Etats-Unis. La société française pourra peut-être, dans quelques années, faire concurence à la ligne anglaise qui relie le Brésil à l'Europe et fait payer la taxe exorbitante de 10 fr. par

mot. A peine l'agent de cette société avait-il
conclu cette affaire qu'une foule d'autres se
sont offertes à lui ; telle ville lui demande
d'établir la lumière électrique ; on lui propose
de relier Santos et Saint-Paul par le télé-
phone.

J'ai cité quelques exemples pour montrer
ce qui a été fait ; il reste encore bien plus à
faire. La capitale, Rio-de-Janeiro, ne peut
rester dans l'état actuel ; elle doit être assai-
nie. C'est une question vitale pour le Brésil
même : l'immigration est nécessaire à ce
pays ; or, tant que Rio conservera la réputation d'une ville malsaine, tant que des efforts
très sérieux n'auront pas été faits pour rendre
les retours d'épidémie impossibles, le courant migratoire passera au large, se dirigeant
vers la Plata sans se ramifier en route au profit de Rio-de-Janeiro. Tout le monde semble
d'accord sur ce point : il y aura donc avant

longtemps de grands travaux de voirie à entreprendre ici ; en France, où nous sommes bien outillés, où nous avons l'expérience de ces entreprises, il devrait se former un syndicat de banquiers assistés d'ingénieurs qui étudierait l'affaire et demanderait la concession.

Outre Rio-Grande d'autres ports réclament des agrandissements, des améliorations, Pernambouc, par exemple : si des Français entreprenaient le port de Pernambouc, les travaux de Rio-de-Janeiro comme ceux de Rio-Grande, l'influence française ferait alors d'immenses progrès.

Il manque au Brésil une banque française Le moyen de développer facilement, rapidement nos affaires, si nous n'avons pas une banque à nous ? Les Anglais ont plusieurs banques ; les Allemands ont la leur, qui est puissante.

Comment devrons-nous procéder pour en-

treprendre de grandes choses au Brésil ? Voici,
à mon avis, le moyen le plus sûr : il se for-
merait un syndicat de capitalistes qui met-
traient d'abord en commun quelques fonds
destinés à couvrir les frais d'une mission
d'études ; ils enverraient au Brésil deux ou
trois agents, jeunes encore, mais ayant déjà
acquis quelque expérience des grandes affaires
et des hommes, des ingénieurs de préférence ;
ils seraient chargés d'étudier la situation et
prêts à saisir les occasions au passage. Il
faudrait leur laisser une grande liberté d'action, ne pas leur imposer toutes les entraves
qu'exigent d'ordinaire les habitudes méticu-
leuses des administrations françaises. Ils devraient se conformer aux habitudes du pays,
où les rapports sont très faciles, où règne un
certain abandon. Et si des sociétés françaises
réussissaient à engager quelques grandes
entreprises, bien étudiées, à les mener avec

sérieux et activité, le Brésil et la France ne pourraient qu'y gagner. Les politiciens passent, les intérêts demeurent ; il ne faut pas, en France, s'effrayer outre mesure des à-coup de la politique brésilienne. Le Brésil vivra et prospérera en dépit de tout.

FIN

TABLE DES MATIÈRES

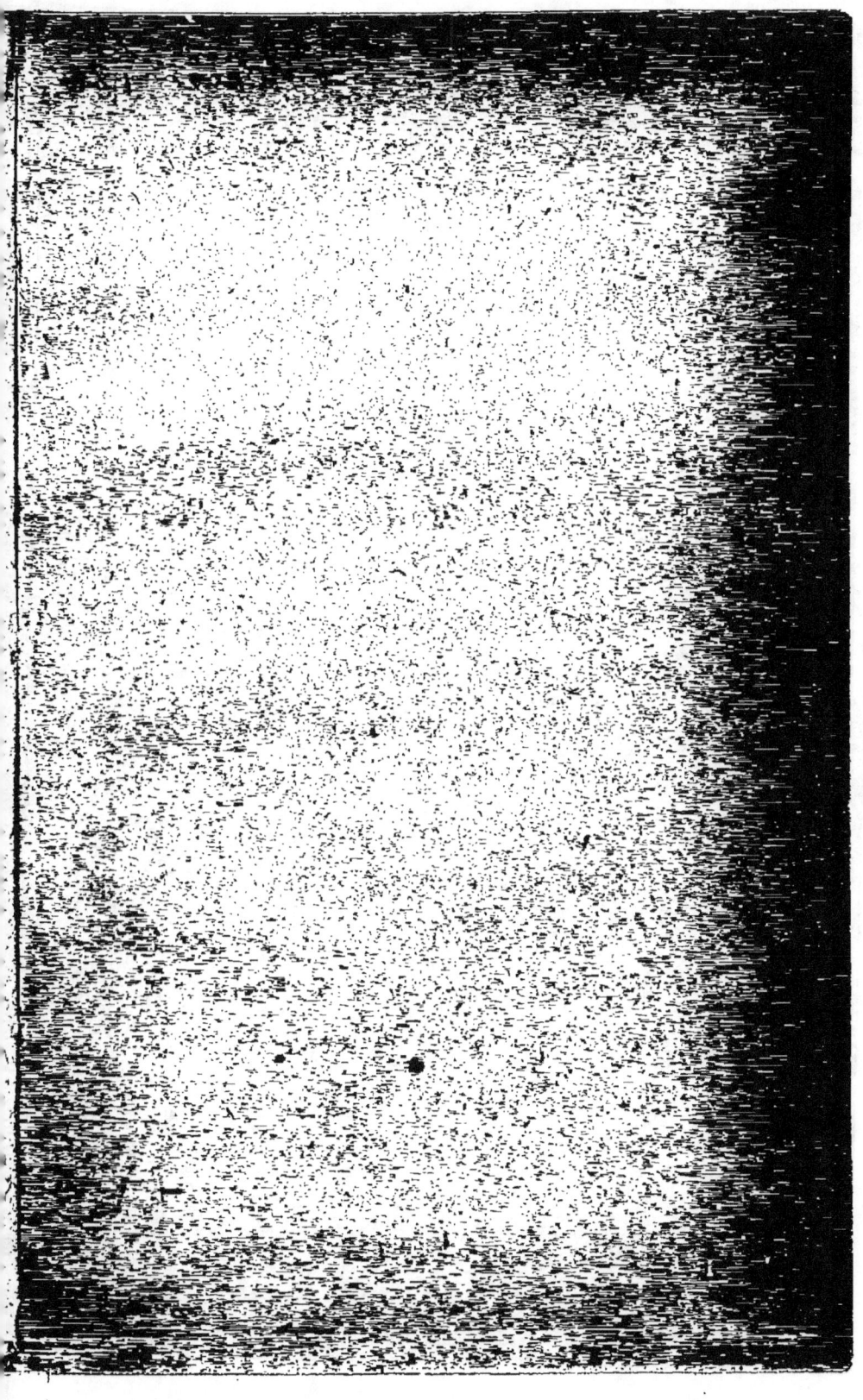

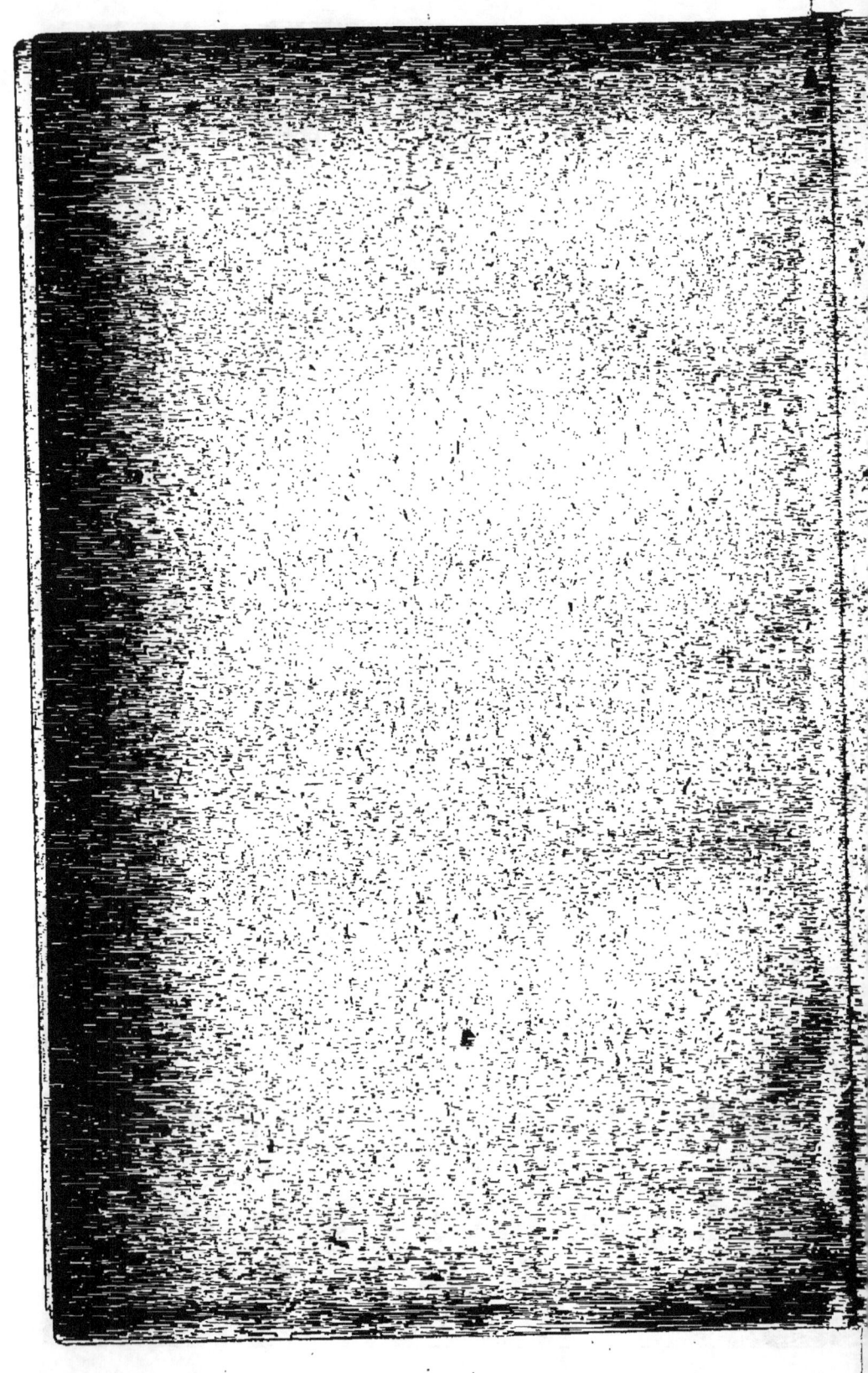

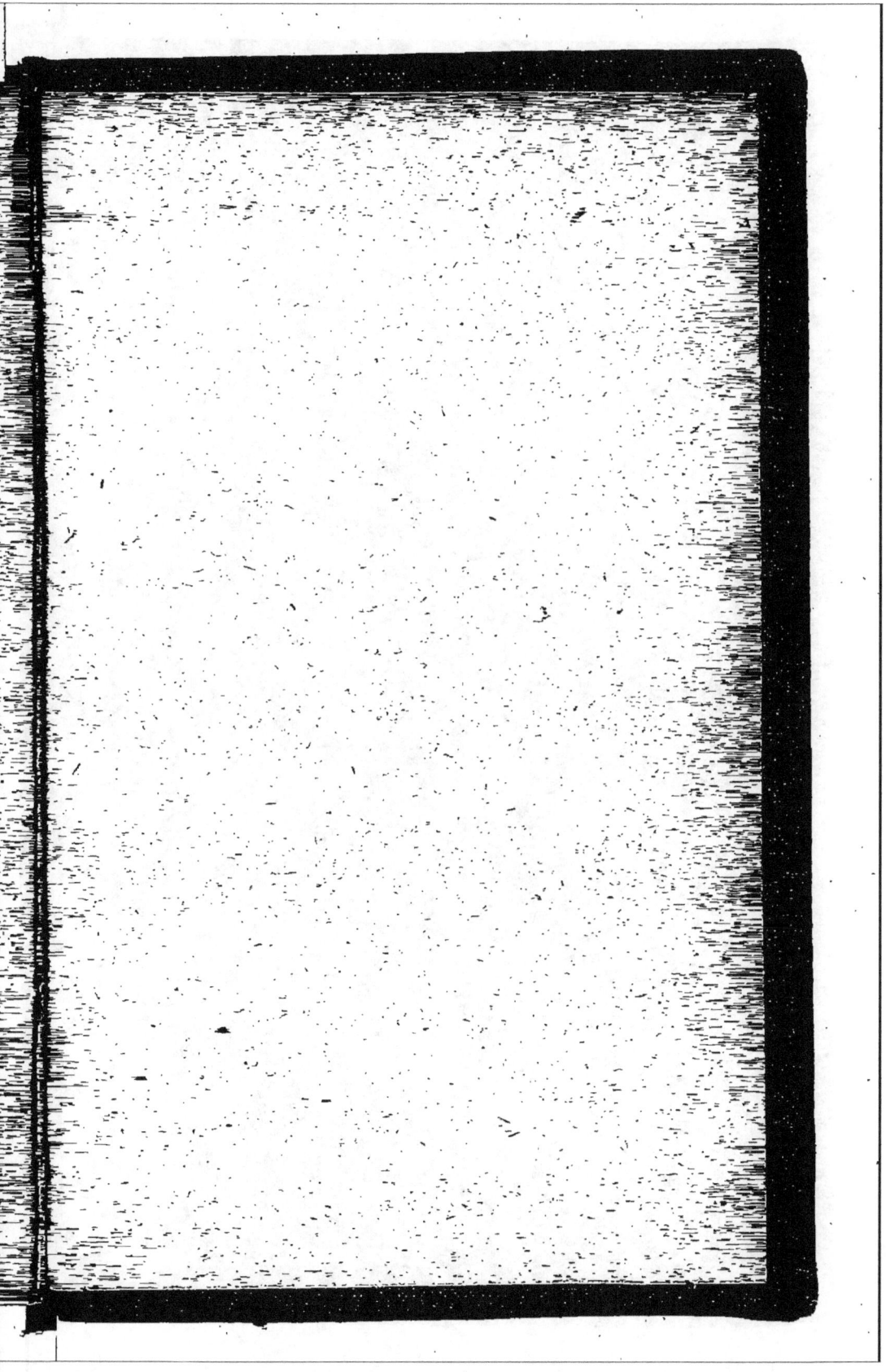

www.ingramcontent.com/pod-product-compliance
Lightning Source LLC
Chambersburg PA
CBHW071809020726
47502CB00004B/1044

* 9 7 8 2 0 1 3 7 4 1 3 3 0 *